LE MYSTÈRE DE LA
FILLETTE DE L'OMBRE

Le Mystère de la fillette de l'ombre

Une aventure d'Axel et Violette

Texte et illustrations :
Marc Thil

1. Une étrange rencontre

Je saisis la commande d'accélérateur et la tirai vers moi. Le moteur de la petite locomotive gronda et toute la machine trembla. Elle prit de la vitesse en avalant de plus en plus vite les rails semblables à de minces lignes d'argent.

Tom, le mécanicien de la locomotive Diesel, m'avait permis de la conduire sur la grande ligne droite. Il m'avait simplement dit :

— Axel, maintenant tu peux y aller !

Tom était à côté de moi, veillant à tout, prêt à reprendre les commandes. La locomotive, sans aucun wagon, filait à vive allure sur une petite voie ferrée qui traversait une région déserte, parsemée de bois et d'étangs.

C'était une locomotive Diesel de manœuvre

(appelée aussi locotracteur), celle qui sert à faire le tri des wagons dans la gare ou à effectuer de petits trajets. Il s'agissait d'un modèle ancien, mais bien entretenu.

La visibilité n'était pas très bonne. Une pluie fine tombait. La brume qui montait des étangs s'infiltrait partout en masquant les rails dans le lointain. Mais il n'y avait pas de danger. La petite voie était déserte.

Ma main saisit de nouveau la grosse manette noire et je la tirai encore. Immédiatement, la machine vrombit et s'élança comme une flèche sur les rails.

Grisé par la vitesse et le bruit du moteur qui se déchaînait sous ma main, je regardais les arbres et les étendues d'eau s'enfuir à toute allure des deux côtés de la cabine.

Soudain, au milieu de la brume, très loin sur les rails, je vis une petite forme grise !

Cette forme ne bougeait pas.

Elle était au milieu de la voie ferrée et j'avançais comme un bolide sur elle !

Vite ! Il me fallait freiner !

Ma main droite se crispa sur la poignée de contrôle que je poussai brusquement. Le régime du moteur diminua aussitôt. Ensuite, je saisis de la main gauche la manette de frein que je tirai rapidement vers la droite. Tom, lui aussi, avait remarqué quelque chose et ordonna : « Continue de freiner ! » tout en saisissant à son tour la manette de frein comme s'il voulait la serrer encore plus. J'écarquillais les yeux pour tenter de voir la petite forme qui continuait à bouger, là-bas, très loin sur les rails. La machine, dans un crissement intense, ralentissait et roulait maintenant à plus faible allure.

— Attention ! cria Tom, c'est un enfant !

Moi aussi, j'avais vu, même si je distinguais mal la scène à cause de la distance. Effectivement, c'était un enfant qui avançait sur les rails, nous tournant le dos. Avec la brume, sur cette petite voie peu fréquentée, on ne voyait pas loin. Tom actionna l'avertisseur sonore, plusieurs fois. La machine, continuant à freiner, allait bientôt s'arrêter. Mais l'arrêt d'une locomotive, lancée à pleine vitesse, ne se fait pas de suite. Il faut des dizaines de mètres à cause du poids de l'engin.

Enfin, j'aperçus plus nettement l'enfant. C'était une fillette d'environ sept ans...

Surprise, elle venait de nous entendre et s'était retournée, nous faisant face, l'air effrayé.

Que faisait-elle là ? Pourquoi ne s'enfuyait-elle pas tout de suite ?

Ouf ! Soudainement, d'un seul coup, elle se

précipita en courant sur le côté, réalisant enfin le danger. Tom soupira bruyamment.

La machine n'était pas encore complètement arrêtée que je me précipitai pour sortir, courant dans la direction où la fillette venait de partir. Elle était déjà loin et j'eus beau l'appeler, elle ne répondit pas. Elle continuait de courir, dans la direction du bois qui bordait les rails. Je quittai la voie et m'élançai vers elle.

Soudainement, à la lisière de la forêt, elle s'arrêta de courir et me fit face. Elle avait de longs cheveux bruns emmêlés qui tombaient sur ses épaules. Elle tremblait légèrement comme si elle avait peur.

J'étais à quelques mètres d'elle. Je ne m'avançai pas plus afin de ne pas l'effrayer. Je commençai à lui parler doucement :

— Tu n'as pas mal ?

Elle fit non de la tête. Alors je poursuivis :

— As-tu besoin d'aide ?

Elle ne répondit pas, mais il me sembla qu'elle pleurait. Je pensai qu'elle s'était perdue. Ce que j'avais de mieux à faire était de la raccompagner chez elle. Alors, je m'avançai en lui tendant la main.

— Viens, on va te ramener chez toi...

Elle me regarda d'un air encore plus effrayé

que tout à l'heure. De grosses larmes coulaient sur son visage.

— Mais tu pleures !

Elle me dévisagea encore quelques secondes de ses grands yeux sombres. J'avais l'impression qu'elle était prête à s'avancer vers moi, mais qu'elle n'osait pas, que quelque chose la retenait. Alors je m'approchai encore…

C'est alors qu'elle se retourna brusquement et s'enfuit dans la forêt. Je l'appelai de nouveau, mais elle était déjà loin... Je m'engageai à mon tour sur ses traces et bientôt, je me retrouvai en pleine forêt, dans un endroit sauvage.

Elle avait disparu.

Il ne me restait plus qu'à revenir sur mes pas, en direction de la voie ferrée. J'y étais presque lorsque j'entendis l'appel de l'avertisseur qu'actionnait Tom. Arrivé à la lisière du bois, je distinguai un peu plus loin la locomotive toujours garée au même endroit. Je fis signe de la main à Tom qui m'attendait à l'avant de la machine, les mains sur la rampe.

2. La gare des Bruyères

Nous étions repartis et la locomotive filait de nouveau sur les rails. C'était Tom qui conduisait. Nous venions d'échanger quelques paroles au sujet de l'étrange rencontre, et puis Tom avait conclu :

— L'essentiel, c'est que la loco se soit arrêtée à temps. Maintenant, il n'y a plus de souci à se faire. Cette petite fille a eu peur et elle a vite rejoint sa maison, voilà tout !

Je ne répondis pas, mais il me semblait, moi qui avais vu la fillette pleurer et s'enfuir au plus profond de la forêt, que les choses n'étaient sans doute pas si simples…

J'observais Tom qui ne parlait plus, absorbé par sa conduite. Il était toujours heureux de

11

piloter son engin. Toute sa vie s'était passée dans le monde des trains. Il avait d'abord travaillé dans un atelier de la gare, comme mécanicien, réparant les machines. À sa retraite, il avait continué comme bénévole, avec d'autres. La ligne à voie unique était devenue, au fil du temps, une petite ligne de chemin de fer touristique, fonctionnant surtout les week-ends et les vacances.

Je regardai de nouveau la voie par la fenêtre avant, comme si l'enfant allait surgir encore sur les rails, mais non, tout était désert et noyé dans un voile gris. Les arbres se détachaient comme des squelettes le long de la voie ferrée. Des buissons, des clôtures, des champs, parfois des étangs surgissaient de la brume au dernier moment. Nous étions en pleine campagne.

L'étrange rencontre avec la fillette aux yeux pleins de larmes m'avait ému. Je revoyais sans cesse son fin visage, son hésitation à venir vers moi et enfin, sa fuite…

Pourtant, cette journée avait commencé de façon très ordinaire. C'était un samedi après-midi de novembre, le vent soufflait et il faisait froid. J'étais sorti de ma maison aux murs de briques. J'avais traversé le jardin et fermé le portillon de bois blanc. Devant moi couraient les rails jusqu'à la petite gare des Bruyères. Pour la rejoindre, c'était facile ; je n'avais qu'à franchir la voie ferrée sur le passage prévu. Tom était déjà là et m'attendait devant un bâtiment ancien aux planches disjointes. Il avait sorti sa locomotive dont le moteur ronronnait doucement. Je l'avais rejoint dans la cabine et il m'avait expliqué :

— On va jusqu'à la halte de l'Étang-Gris. Je dois récupérer du matériel là-bas... Actionne l'avertisseur, on démarre.

Comme une pluie fine tombait, Tom avait actionné les essuie-glaces.

La halte de l'Étang-Gris n'était pas loin, à peine à trois kilomètres. Comme son nom l'indique, ce n'est pas une gare, mais une simple halte, située entre les gares des Bruyères et de Souvigne.

Tom m'avait laissé piloter le locotracteur. Il m'avait appris à le conduire. Bien sûr, il me surveillait et restait juste à côté de moi, prêt à parer la moindre de mes défaillances. Ce n'était pas la première fois qu'il me laissait sa précieuse machine. D'ailleurs, piloter cet engin n'est pas très difficile ! Juste la poignée de contrôle à tirer pour accélérer ou à pousser pour ralentir. Pour s'arrêter, il faut utiliser la manette du frein de train placée sur la gauche…

Puis il y avait eu la rencontre avec cette fillette sur les rails ; mes pensées y revenaient toujours… J'avais beau retourner dans ma tête toutes sortes de suppositions, aucune ne me convenait. Je ne trouvais pas de réponses satisfaisantes à mes questions.

Que faisait-elle là, sur la voie ferrée, dans la brume ?

Pourquoi pleurait-elle ?

Pourquoi s'était-elle enfuie en pleine forêt ?

Un bruit sourd me tira de mes pensées. Le bruit de l'air sous pression qui s'échappe : un énorme souffle. C'était Tom qui venait de saisir la grosse manette noire du frein de train.

Nous arrivions à la halte de l'Étang-Gris.

Tom récupéra, comme prévu, du matériel à la halte, puis nous refîmes le trajet en sens inverse.

En novembre, les journées sont courtes et, de retour à la gare des Bruyères, il faisait presque nuit.

Je saluai Tom et rentrai vite chez moi sous un vent glacial.

Tante Aurélie était là qui m'attendait, de retour de son travail ; elle tient un petit commerce au village des Bruyères.

Elle me prit affectueusement par l'épaule.

— Alors, encore avec Tom sur sa loco ?

— Oui, comme d'habitude...

Je passai mon bras autour du cou de ma tante et lui rendis son sourire.

Tante Aurélie est tout pour moi. Elle m'a recueilli après le terrible accident qui m'a privé de mes parents lorsque j'étais tout petit. Elle a pris la place de ma maman qui était sa sœur. Depuis, je vis avec elle dans sa petite maison de briques tout près de la gare.

Habiter près d'une petite gare est intéressant. Il y a toujours de la vie, de l'animation, des trains qui passent. C'est cela qui m'avait permis de connaître Tom. Au début, j'allais le voir de loin s'activer autour de sa locomotive, mais sans trop oser m'approcher. Puis un jour, il m'avait invité à monter dans la cabine. Et peu à peu, il m'avait montré tout ce qu'il savait.

Bien sûr, je parlai à tante Aurélie de notre étrange rencontre. Tout en m'écoutant, elle préparait une tisane bien chaude.

— Tu en voudras, Axel ?

— Oui, mais avec quelques biscuits que tu viens de faire !

En effet, je venais de voir sur la table de petits biscuits blancs tout chauds qui sortaient du four.

— D'accord, mais pas trop, sinon tu ne

mangeras plus rien ce soir !

— Deux ou trois, pas plus, tatie...

J'avais à peine fini de raconter mon histoire à ma tante qu'on sonna à la porte. J'allais ouvrir.

C'était ma jeune voisine, Violette.

Violette habite le long de la voie ferrée, elle aussi, dans la maison juste à côté de la mienne. Elle est à peu près de mon âge. Elle a les cheveux châtain clair. Intuitive et fantaisiste, toujours pleine de vie, elle aime rire.

Tante Aurélie l'invita à s'asseoir dans le salon autour du poêle où brûlait un bon feu de bois. Elle lui servit ses délicieux biscuits et une boisson chaude.

Je racontai aussi à Violette l'incident que nous avions eu tout à l'heure. Elle m'écouta attentivement puis demanda des détails.

— Elle était comment, cette fillette ?

— Tu sais, je n'ai pas eu le temps de bien la détailler. Elle avait des cheveux bruns, très longs... Ce qui m'a semblé curieux, ce sont ses vêtements en désordre, ses cheveux dans tous les sens... Elle paraissait connaître parfaitement le bois. Je n'ai pas pu la retrouver...

— Il faudrait en savoir plus. Tu me dis que ce n'était pas loin de la halte de l'Étang-Gris... Et si l'on allait se promener là-bas dimanche ? Tu me montreras l'endroit...

Et Violette ajouta :

— On pourrait y aller en vélo.

Je hochai la tête.

— En vélo, ça ira plus vite. Il y a quand même trois kilomètres à faire.

3. L'Étang-Gris

Le lendemain matin, dimanche, je roulais à vélo, avec Violette, en direction de l'Étang-Gris, ce qui représentait environ quinze minutes de trajet par la petite route le long de la voie ferrée. L'air était vif et nous étions bien couverts. Violette avait pris la tête, je roulais juste derrière elle. Les cheveux au vent, je savourais l'air frais et le paysage qui m'entourait, fait de landes et de bois.

Enfin, j'aperçus l'immense masse de l'Étang-Gris. Ses eaux, entourées d'une couronne de roseaux, formaient un miroir sombre reflétant les nuages. Sa surface lisse était de temps à autre troublée par des poules d'eau ou des canards. L'endroit était sauvage et magnifique. Nous posâmes nos vélos près d'un abri délabré qui couvrait une vieille barque.

Tout de suite, Violette demanda :

— Axel, montre-moi l'endroit où tu as vu la fillette.

Je la conduisis à la voie ferrée qui passait près de là. Violette examina les lieux. Il n'y avait rien de particulier. Le bois longeait d'un côté la voie. De l'autre bord, un peu plus loin, on apercevait l'étang derrière quelques grands pins. On ne distinguait aucune habitation, rien que la nature sauvage.

Je montrai aussi à Violette l'endroit où la fillette avait disparu dans la forêt puis, n'ayant rien de plus à voir, nous retournâmes à l'étang pour reprendre nos bicyclettes. Mais alors que nous traversions un bosquet qui séparait la voie ferrée de l'étang, Violette me fit signe de me taire, un doigt sur la bouche, en chuchotant :

— Axel, pas de bruit ! J'ai vu quelque chose bouger !

D'un geste, elle m'invita à la suivre. Elle se glissa furtivement, à travers les hautes herbes et les fougères, puis s'immobilisa derrière un buisson. Dès que je la rejoignis, elle pointa le doigt devant elle et murmura : « Regarde ! »

À travers les branches, je vis une petite fille assise au pied d'un arbre. Je la reconnus tout de suite, avec ses longs cheveux bruns emmêlés qui lui couvraient une partie du visage. Je chuchotai : « C'est bien elle ! »

Oui, c'était bien celle que j'avais vue hier sur la voie ferrée, une fillette d'environ sept ans. Maintenant, je pouvais la détailler à loisir : ses cheveux étaient en désordre, très longs. Ses vêtements semblaient presque abîmés. Elle avait un petit air triste et effrayé. Elle semblait jouer en grattant la mousse qui était devant elle avec une brindille.

Que pouvait-elle faire toute seule dans ce coin isolé ? Où était donc sa famille ?

Je me tournai alors vers Violette. On décida d'aller la trouver, de lui parler et peut-être de lui proposer notre aide. Afin de ne pas l'effrayer, nous nous dirigeâmes lentement vers elle, de façon à être bien visibles. Dès qu'elle nous aperçut, elle se leva comme si elle allait fuir. Mais Violette prit les devants :

— Nous ne te voulons aucun mal. Nous souhaitons juste savoir qui tu es...

La fillette, prête à partir, sembla hésiter. Violette, qui m'avait devancé, s'était arrêtée. Elle reprit :

— Peut-être as-tu besoin de quelque chose ? Nous pouvons t'aider...

J'étais maintenant beaucoup plus près et je re-marquai que la fillette avait les yeux rouges. Quelques larmes coulaient sur ses joues.

Elle semblait tellement triste et désemparée que Violette s'approcha encore. Moi aussi, je fis quelques pas vers elle. Mais alors que nous n'étions plus qu'à quelques mètres, elle nous re-garda tous les deux, tour à tour, en agrandissant les yeux, comme si elle avait peur !

Et brusquement, comme la dernière fois, sur la voie ferrée, elle s'enfuit en courant dans le bois, sans même se retourner. Je me précipitai pour la suivre, mais Violette m'arrêta de la main.

— Non, Axel, ce n'est pas ainsi que tu pourras gagner sa confiance. Tu vas l'effrayer encore plus !

Je comprenais bien que Violette avait raison, mais que faire alors ? Après être retournés vers l'étang, nous nous assîmes près de la vieille barque, là où un passage entre les roseaux per-mettait à l'eau d'arriver jusqu'à nos pieds.

Pendant quelques instants, nous restâmes tous les deux silencieux, les yeux fixés sur l'eau sombre, en repensant à l'étrange rencontre. En-fin, je me décidai à parler :

— Qui est-elle ?... Qu'en penses-tu, Violette ?

— Comment le savoir ? Elle était plutôt mal

habillée, peu soignée, les cheveux complètement en désordre... Elle doit être malheureuse, car elle pleurait.

— Je crois aussi qu'elle avait très peur, c'est pour cela qu'elle s'est enfuie. Mais je voudrais l'aider.

— Comment la revoir ? On n'a aucun moyen de la retrouver.

— Aucun moyen ? Peut-être pas... Cela fait déjà deux fois que je la vois au même endroit, par ici. Ce lieu lui est certainement familier.

Et après un temps de réflexion, je repris :

— Il suffirait donc de revenir de temps à autre ici... et je pense qu'on la retrouvera.

— Tu as peut-être raison, dit Violette, mais elle avait l'air tellement apeurée qu'il ne faudrait plus l'effrayer...

Au moment de reprendre son vélo, Violette laissa échapper un petit cri.

— Mon bracelet ! Je ne l'ai plus ! Il a dû glisser.

— Il était comment ?

— Un petit bracelet tout simple en métal doré.

On se mit à le chercher, mais ce n'était pas facile de le trouver dans ce lieu sauvage, au milieu des hautes herbes.

Au bout d'un quart d'heure de recherches sans

résultat, Violette regarda les nuages noirs qui s'amoncelaient au-dessus de nous et déclara :

— Il faut rentrer maintenant ! De toute façon, ce bracelet n'avait pas grande valeur...

4. Un accident

Quelques jours passèrent sans rien apporter de nouveau. On était en plein mois de novembre avec un temps gris et froid. Les arbres avaient perdu beaucoup de feuilles, mais il restait çà et là, sur les branches ternes, des taches rouges, orange et jaunes qui illuminaient le paysage.

Ce mercredi après-midi, accompagné de Violette, je devais rejoindre Tom. En arrivant, je vis que la locomotive était sortie. Le moteur ronronnait doucement et la cheminée laissait échapper une petite fumée grise. Tom venait d'atteler un wagon plat qui lui servirait à rapporter du matériel. Il nous expliqua qu'il devait aller à la gare de Souvigne, ce qui faisait environ quinze kilomètres. On passerait devant la halte de l'Étang-Gris, plus proche, mais on ne s'y arrêterait pas.

— Allez, en route ! nous lança-t-il, une fois les préparatifs terminés.

Une minute plus tard, nous étions tous les trois dans la cabine. Je me tournai vers le tableau de bord, prêt à actionner l'avertisseur. Tom me fit signe. J'appuyai sur le bouton et le signal sonore retentit avec force. De son côté, Tom tira la poignée de contrôle à lui. Le moteur vrombit. La machine s'élança en tremblant. Je jetai un coup d'œil vers l'arrière pour voir le wagon accroché qui nous suivait.

Nous sortîmes rapidement de la gare en roulant à petite allure. Sur la grande ligne droite, Tom me dit : « À toi, maintenant ! » Je saisis les commandes et pilotai l'engin.

En arrivant aux abords de la halte de l'Étang-Gris, Tom reprit les commandes. Il ne s'agissait pas de s'arrêter ici, nous devions continuer jusqu'à la gare de Souvigne, c'est pourquoi Tom n'avait pas ralenti.

Alors que nous commencions à apercevoir le petit bâtiment de la halte et les hangars, le visage de Tom se crispa. Il devint subitement très pâle et s'écria :

— Qui nous a fait ce coup-là ?

Brutalement, il réduisit la vitesse tout en actionnant d'urgence la manette de frein. Je le regardai sans comprendre. Puis brusquement, la machine oscilla et, à peine ralentie, sembla quitter la voie pour aller sur la droite...

Tom hurla :

— Attention, accrochez-vous !

Le locotracteur vibra fortement. Les roues grincèrent sur les rails. Tom restait toujours crispé sur la manette de frein.

Nous avions quitté la voie ferrée principale pour une voie secondaire !

Je distinguai, par la vitre avant, des rails envahis par les herbes conduisant, un peu plus loin, à un entrepôt de la halte de l'Étang-Gris. Au bout de ces rails : un butoir, énorme masse de métal faite pour arrêter les wagons. Nous étions engagés sur une impasse, encore à grande vitesse, car les freins n'avaient pas eu le temps de ralentir suffisamment la machine !

Nous roulions sur une voie de service destinée à garer ou à décharger des wagons. Les freins de la locomotive continuaient à crisser, mais la fin de voie, avec son butoir, approchait beaucoup trop vite encore ! Je sentais que la lourde machine n'aurait pas le temps de s'arrêter. Le butoir serait-il suffisant pour bloquer notre course ? Allions-nous dérailler ?

Comme si je voulais avoir une réponse, je regardai vivement Tom qui ne disait toujours rien, mais restait les yeux rivés sur la voie, la main crispée sur le frein. Je me tournai alors vers Violette et je vis qu'elle comprenait le danger. Instinctivement, elle prit ma main et la serra.

La fin de la voie approchait. Je distinguais maintenant parfaitement le butoir qui la terminait, placé là pour arrêter un wagon lancé à faible vitesse, ou même une locomotive.

Notre machine possède, à l'avant et à l'arrière, comme la plupart des engins roulants, deux tampons, c'est-à-dire deux plateaux appuyés sur des ressorts destinés à amortir les chocs. Je me rappelais les explications de Tom à ce sujet et j'espérais que les ressorts seraient suffisants pour qu'il n'y eût pas de casse.

Tom grommela je ne sais quoi en tenant toujours sa manette de frein serrée en position d'urgence. La machine continuait à grincer. Je voyais avec plaisir qu'elle ralentissait beaucoup plus et je m'écriai :

— On va y arriver, Tom !

Mais il secoua la tête.

— On roule encore trop vite ! Trente-deux tonnes, ce n'est pas le poids d'une voiture !

Et il continua de regarder fixement la voie. Je comprenais ce qu'il voulait dire. Il m'en avait souvent parlé : « Souviens-toi, cette loco, elle fait à peu près le poids de quarante voitures ! Alors, ça ne s'arrête pas facilement. Même si tu freines à fond, tes roues se bloquent : elles glissent sur les rails... et la loco continue d'avancer ! »

La fin de la voie s'approchait, trop vite encore. La machine continuait de trembler et de grincer comme si elle ne voulait plus s'arrêter. Bientôt, le butoir apparut tout proche, à quelques mètres. Je pouvais distinguer tous ses détails, les pièces métalliques dont il était formé, la grosse traverse de bois qui était fixée à l'avant.

Tous les trois, nous regardions, les yeux écarquillés, ce qui allait se passer. Tout à coup, Tom lança :

— Vos mains devant pour vous protéger !

Immédiatement, on mit les mains en avant contre les parois de la cabine.

Et puis ce fut le choc, un impact brutal qui me poussa en avant, faisant fléchir mes bras. La machine racla je ne sais quoi comme si elle déchirait quelque chose, puis elle s'immobilisa enfin !

Tom se tourna tout de suite vers moi et Violette ; nous n'avions rien ! Nous étions seulement commotionnés.

La locomotive n'avait pas déraillé, mais alors pourquoi ce bruit épouvantable à l'arrêt ? Je le compris seulement en descendant avec les autres. Le butoir avait été déformé et poussé en arrière par le choc, mais il avait rempli son rôle. La machine avait été arrêtée et elle ne semblait pas avoir souffert. En tout cas, c'est ce que conclut Tom en examinant les tampons et le bouclier de métal situé en dessous.

Si Tom avait pu anticiper et freiner tout de suite, c'était bien parce qu'il avait vu à temps que le levier d'aiguillage n'était pas dans sa position initiale. Ainsi, il avait pu éviter le pire !

Mais pourquoi avait-on manœuvré l'aiguillage qui nous avait conduits sur cette petite voie de service ?

On remonta dans la cabine. Tom enclencha la marche arrière et roula à petite vitesse en direction de l'embranchement afin de refaire le trajet en sens inverse. Une fois revenu sur la voie principale, Tom arrêta la machine et descendit avec nous pour observer l'aiguillage.

L'appareil de voie consiste en un levier d'aiguillage manuel qui, quand on le pousse d'une position extrême à l'autre, déplace les rails mobiles. Le levier n'était pas dans sa position d'origine. L'aiguillage déviait ainsi les trains vers la voie de service.

Qui avait manœuvré ce levier ? Était-ce un mauvais plaisant ? Était-ce la fillette que nous avions déjà vue deux fois dans les parages ?

Non, il ne pouvait s'agir de l'enfant. Tom nous le prouva.

— Tiens, dit-il à Violette. Remets ce levier en place !

Elle eut beau forcer, elle ne put le déplacer. Seul, un adulte pouvait le manœuvrer...

Mais qui alors ? Certainement pas un des collègues de Tom. Chacun d'entre eux était au courant des procédures de sécurité. Aucun n'aurait fait cela. D'ailleurs, il n'y avait personne à la halte de l'Étang-Gris. Cette toute petite gare, si l'on peut l'appeler ainsi, n'était pas animée comme la gare des Bruyères. Elle était abandonnée et ne reprenait vie que lorsque des trains de touristes s'y arrêtaient. Aujourd'hui, il n'y avait personne...

Le mystère demeurait entier. Tom résolut de signaler l'incident à ses collègues dès son retour. Il remit alors l'aiguillage dans la position correcte et nous reprîmes place dans la locomotive. On fila bientôt en direction de la gare de Souvigne, comme prévu. Ce qui devait être une joyeuse journée ne l'était plus. Chacun réfléchissait encore à l'événement en essayant de comprendre.

Une fois arrivés à Souvigne, nous aidâmes Tom à charger le matériel dans le wagon plat qu'il tractait : des traverses de bois et de l'outillage. Puis, ce fut le chemin du retour jusqu'à la gare des Bruyères.

Le soir, dans mon lit, je réfléchis longuement à ce qui s'était passé : tout d'abord, la rencontre avec cette petite fille sur la voie, puis la deuxième rencontre près de l'étang, enfin l'incident d'aujourd'hui qui n'avait rien à voir avec la fillette mystérieuse. Pourtant, il me semblait confusément que tous ces événements étaient liés. Je revoyais les yeux effarés de la fillette, son attitude apeurée, sa fuite. Il y avait quelque chose que je ne pouvais comprendre... Alors que je sombrais dans le sommeil, je me promis de tout faire pour éclaircir ce mystère.

5. La halte de l'Étang-Gris

Les jours passèrent, semblables les uns aux autres, des jours gris de novembre. Je réfléchissais souvent à ce qui nous était arrivé, mais je ne voyais pas comment retrouver cette fillette insaisissable, à peine entrevue. D'autre part, l'incident de l'aiguillage ne s'était pas reproduit ; c'était sans doute quelqu'un, un promeneur peut-être, qui l'avait manœuvré sans intention de nuire. Tout au moins, c'était l'explication de Tom qui en avait parlé avec ses collègues ; ils en étaient arrivés à cette conclusion. De mon côté, plus j'y repensais, plus je me disais que Tom avait raison...

Bien sûr, nous étions revenus à plusieurs reprises sur les lieux, Violette et moi. J'avais aussi scruté les voies chaque fois que Tom m'emmenait dans sa locomotive. En définitive, je n'avais rien appris de nouveau.

Ce samedi de mi-novembre, en début d'après-midi, Violette m'avait rejoint chez moi. Nous étions dans le salon. Je l'écoutais jouer du piano électronique.

Elle en jouait merveilleusement. Sa mère, qui donnait des cours de piano, lui avait appris à pratiquer cet instrument depuis qu'elle était toute petite. Je rêvais en l'écoutant, assis dans un confortable fauteuil, regardant les flammes danser à travers la fenêtre du poêle...

Pendant que les notes cristallines s'égrenaient et me rendaient heureux, je repensais une fois de plus à la fillette de l'ombre, comme nous l'appelions, car elle avait, à chaque fois, semblé sortir de la brume et de l'ombre pour y retourner.

On l'avait toujours vue près de la voie ferrée qui longeait l'Étang-Gris... Habitait-elle par là ? C'était possible... Puis, lorsque je repensais à son air effrayé, à sa fragilité, je me disais que je n'avais pas fait tout mon possible pour la retrouver...

C'est ainsi que je décidai de retourner explorer les lieux cet après-midi. J'irais seul, car Violette m'avait dit qu'elle ne voulait pas sortir par cette brumeuse journée d'automne. Comme elle terminait un morceau ravissant, je l'applaudis. Elle me sourit puis elle se remit à jouer.

Si je voulais sortir, il ne me fallait plus tarder. Je dis à Violette et à ma tante que j'allais faire un tour en vélo du côté de l'Étang-Gris. Je devais revenir avant la nuit qui tombe tôt en novembre.

Quelques minutes plus tard, je roulais sur la petite route. L'air était glacé, mais j'étais bien couvert. Il pouvait pleuvoir, je ne m'en souciais guère à cause de ma veste imperméable. Je ne croisais que peu de voitures, car la région est sauvage et peu fréquentée. Elles avaient leurs phares allumés comme de gros yeux blancs qui trouaient la brume. Moi-même, me rappelant le conseil de tante Aurélie juste avant de partir, j'avais allumé le phare de mon vélo afin d'être plus visible. Bientôt, le brouillard tomba un peu et les arbres, autour de moi, m'apparurent comme des fantômes.

Je dus faire attention pour bien distinguer, sur la droite, la petite route conduisant à la halte de l'Étang-Gris. Je m'y engageai. Ce n'était pas loin ; je vis bientôt des masses sombres se profiler dans la brume. J'arrivai sur le quai, face à un petit bâtiment délabré et fermé.

Cette halte, qui desservait auparavant cette

région isolée, est fermée depuis longtemps. En effet, elle est trop proche de la gare des Bruyères pour être utile. Elle sert tout au plus de halte lors du passage de certains trains touristiques. Durant ces brefs moments, elle reprend vie.

Aujourd'hui, toute animation était absente, tout semblait abandonné. On distinguait plus loin, le long des quais de déchargement, quelques vieux bâtiments. Ces constructions de bois semblaient menaçantes en émergeant de la brume. Les voies de service, envahies par les herbes sauvages, ne servaient plus depuis long-temps. Elles conduisaient, en face du quai princi-pal, à une remise délabrée et à un entrepôt désaf-fecté. Sur ma droite, des rails rouillés aboutis-saient à un quai de déchargement désert.

Je posai mon vélo contre la barrière qui longe le petit bâtiment principal et je marchai vers le quai. J'avais mon idée. C'était près de cette halte que nous avions vu la fillette. Je pensais que c'était aussi près de cette halte que je la retrou-verais. Je fis le tour du bâtiment : toutes les portes et fenêtres avaient été condamnées. Il n'y avait aucun moyen d'entrer.

Je décidai alors d'aller à l'Étang-Gris qui est juste derrière la halte. Je traversai les voies fer-rées et m'engageai dans un petit chemin qui y conduit. Une fois arrivé, je ne le distinguais presque pas à cause des brumes qui flottaient à sa surface. Je ne voyais plus qu'une masse de roseaux qui s'agitaient dans le vent.

Je voulus alors remonter le long des rails en direction de l'endroit où j'avais aperçu la fillette traverser les voies, la première fois, avec Tom. Tout était désert. Des nappes de brume flottaient ici et là. Le bois qui bordait la voie m'apparaissait comme une masse confuse et impénétrable. Des deux côtés, les rails se perdaient dans le brouillard.

Alors que je regardais en direction du bois, là même où la fillette avait disparu la première fois, j'entendis un bruit sourd provenant de la halte de l'Étang-Gris qui était juste derrière moi. Je me retournai dans cette direction.

C'était le bruit caractéristique d'une machine à vapeur qui arrivait.

Prudemment, je me mis sur le côté de la voie. Bientôt, j'aperçus les phares blanchâtres de la locomotive à travers le brouillard. La machine, lancée à vive allure, approchait, crachant de la fumée de toutes parts, dans un fracas épouvantable. Enfin, le monstre de fer passa à toute vitesse devant moi et disparut bientôt au loin. C'était une locomotive à vapeur attelée à deux wagons de voyageurs qui regagnait la gare des Bruyères.

Je remontai alors en direction de la halte de l'Étang-Gris. Je voulais examiner les hangars. Il y en avait deux. Je m'approchai d'abord d'une vieille remise placée à l'extrémité d'une voie de service. La construction, faite de planches disjointes, était sinistre au milieu des nappes de brume qui l'entouraient. Les rails passaient sous la porte et se poursuivaient jusqu'au fond ; c'était là qu'on garait le matériel roulant. La porte n'était pas fermée à clé. Je l'ouvris. Une gigantesque masse noire m'apparut au bout des rails : c'était une ancienne locomotive à vapeur couverte de rouille. Je scrutai l'endroit avec attention, mais, mis à part la machine, il n'y avait rien d'autre à voir. Je décidai alors de visiter le bâtiment suivant.

6. Nouvelle rencontre

Un vent frais soufflait alors que je me dirigeais vers le deuxième hangar qui bordait une autre voie. Je commençais à avoir froid et à me dire qu'il était peut-être inutile de rester ici. Comme si j'allais trouver quelque chose ! Et pourtant, un pressentiment m'avait fait venir et c'est encore à cause de lui que je restai. Ce deuxième bâtiment, lui aussi en bois, était plus délabré que celui que je venais de visiter. Il était encombré de pièces de bois et de métal de toutes sortes. Il n'y avait rien de plus à voir et je ne m'y attardai pas.

Je remontai ensuite le long des rails rouillés envahis par les herbes jusqu'à la voie de service que nous avions malheureusement empruntée l'autre jour, à cause de l'aiguillage inversé. Le butoir, disloqué par le choc, était toujours dans le même état. Je remontai alors jusqu'à l'embranchement et vérifiai le levier d'aiguillage ; il était dans la bonne position. Personne ne l'avait retouché.

Là, je m'arrêtai un moment et regardai autour de moi. La brume était moins dense et je pouvais à nouveau distinguer les abords de l'étang, dans le fond. Les masses sombres des bâtiments de la gare étaient plus visibles. Les rails brillaient comme des fils d'argent.

Pourtant, peu à peu, tout devenait plus sombre, car la nuit approchait. Il fallait que je rentre.

C'est alors que je vis une petite silhouette au niveau du bâtiment principal de la halte, à l'endroit où j'avais garé mon vélo. Cette silhouette semblait attendre je ne sais quoi sur le quai. J'avançai vers elle.

Je la reconnus bientôt : c'était la fillette.

Elle m'avait aperçu et ne semblait pas du tout avoir l'intention de fuir. J'étais à quelques mètres d'elle quand elle me regarda bien en face. Je m'arrêtai de marcher, car je n'avais pas l'intention de l'effrayer cette fois encore.

Ce fut elle qui s'avança vers moi. Surpris, je ne bougeai pas.

Arrivée à mon niveau, elle me tendit quelque

chose sans rien dire. C'était le petit bracelet en métal doré que Violette avait perdu la dernière fois. Je le pris et, sans bouger, afin de ne pas l'effrayer, je lui parlai doucement.

— Merci !... C'est le bracelet de Violette, elle sera contente de le retrouver...

La fillette continuait de me regarder sans dire un seul mot. Alors, je me présentai :

— Je m'appelle Axel et j'habite à côté de la gare des Bruyères... Et toi, quel est ton prénom ?

La fillette me regardait toujours avec de grands yeux sombres un peu étonnés. Elle répondit simplement :

— Je m'appelle Eva.

Comme elle ne dit rien de plus, je repris la parole :

— L'autre jour, nous voulions simplement t'aider... Tu avais l'air tellement triste...

Elle ne répondit pas. Je me gardai bien de lui poser des questions trop directes ou de lui proposer de la ramener chez elle, comme la dernière fois. Je sentais que le petit dialogue que j'avais avec cette fillette effrayée pouvait être rompu à tout moment à la suite d'une maladresse. Aussi, je me contentai de lui dire :

— Si un jour, tu as besoin de moi, viens me voir. J'habite la première maison en briques en face de la gare des Bruyères... Ce n'est pas très loin d'ici, tu dois connaître. C'est une maison aux volets blancs avec un portillon en bois qui s'ouvre sur la voie ferrée...

Et, pressentant que la petite fille sauvage pouvait encore s'enfuir, je voulus la rassurer en lui montrant que je la laissais complètement libre d'agir comme elle le désirait. En me tournant vers mon vélo qui était garé un peu plus loin, je lui dis :

— Tu vois, la nuit va tomber. Il faut que je rentre, sinon ma tante s'inquiétera ; j'ai encore quelques kilomètres à faire pour être chez moi.

J'allai prendre mon vélo, l'enfourchai et lui fis un petit signe de la main en lui souriant. Elle n'avait pas bougé, mais continuait de me regarder.

Elle me fit à son tour un petit sourire.

Alors, toujours sur mon vélo, prêt à partir, je lui proposai de la raccompagner. Aussitôt, son sourire disparut et elle refusa d'un signe de tête. Je n'insistai pas et me contentai de lui dire :

— Alors, passe me voir un jour ! Je serai content de te revoir.

Et je la quittai à ce moment-là. Quelques mètres plus loin, je me retournai : elle n'avait pas bougé. Je m'en voulais de la laisser ainsi toute seule dans cet endroit désolé avec la nuit qui commençait à tomber, mais que faire d'autre ? Elle ne voulait pas qu'on la raccompagne, elle prenait peur quand on le lui proposait. Où habitait-elle ? Dans quelles conditions vivait-elle ? Je n'avais pas de réponses à ces questions, mais je pouvais imaginer qu'elle demeurait peut-être près de l'Étang-Gris.

En roulant sur la petite route déjà sombre qu'éclairait à peine mon phare, j'étais pourtant content. Je l'avais mise en confiance, elle m'avait souri. J'avais pu aussi lui dire où j'habitais. Ainsi, elle pourrait me trouver quand elle le voudrait.

De retour, je racontai tout à Violette qui partagea mon enthousiasme. Pourtant, la suite des événements allait encore une fois nous surprendre.

7. Première neige

Les premiers jours de décembre arrivèrent. Un matin, lorsque je me levai, je vis que tout était blanc : la première neige ! Une fiche couche recouvrait les arbres, la gare et quelques wagons qui stationnaient sur une voie. La neige était peu épaisse, mais, à cause du froid, elle ne fondait pas.

Lorsque j'allai voir Tom, un soir après mes cours, je remarquai que la neige était durcie, elle crissait sous mes pas. Il gelait. Je le retrouvai, non pas près de sa locomotive Diesel, mais dans un autre hangar, tout au fond, à la lisière du bois. Il s'affairait sur une vieille locomotive à vapeur. Il en faisait l'entretien en graissant le mécanisme complexe de l'entraînement des roues. Comme il était tard et que je ne m'étais pas changé, je ne pouvais l'aider de peur de salir complètement mes affaires. Je le regardai un moment puis j'allai dehors.

Je m'approchai d'une petite locomotive à vapeur attelée à deux wagons plats qui se préparait à partir. Elle soufflait et crachait de la fumée de tous les côtés, puis elle siffla et commença à rouler. Je la suivis des yeux jusqu'à sa disparition dans le lointain.

Puis d'un seul coup, ce fut le silence. La gare était maintenant déserte. Tout était blanc, immobile et figé. Plus loin, je devinais Tom toujours au travail. L'air était glacé. Pour me réchauffer, je courus un peu le long des voies jusqu'au bois voisin.

Jusqu'à présent, la neige tombait peu abondante, mais bientôt de gros flocons envahirent le paysage. Il me fallait rentrer.

Mais à ce moment-là, mon attention fut attirée par quelque chose qui bougeait au loin, derrière les arbres.

C'est là que je revis Eva.

Mon cœur se serra en la découvrant. Elle marchait avec difficulté, puis je la vis se laisser tomber au pied d'un gros arbre, comme si elle était épuisée.

Je me précipitai vers elle.

En me voyant arriver, elle se leva à demi, comme si elle voulait fuir, mais, trop faible, elle se laissa retomber dans la neige.

Je m'accroupis devant elle et touchai ses mains : elles étaient glacées !

Je m'exclamai :

— Mais tu vas geler si tu restes ici !

Elle me regarda de ses grands yeux sombres sans rien dire.

J'ajoutai :

— Attends-moi, je vais chercher de l'aide !

L'atelier où travaillait Tom était trop loin, il ne pouvait m'entendre. Alors je courus le plus vite possible vers lui. Dès que j'arrivai, je lui criai :

— Viens vite !

— Qu'y a-t-il ?

— Tu verras, viens !

Tom se mit à me suivre en courant, tout en essuyant ses mains pleines de graisse avec un chiffon. Quand nous arrivâmes, la fillette n'avait pas bougé.

Tom s'agenouilla et se pencha vers elle.

— Qu'est-ce que fait cet enfant ici !

Et tout en disant cela, il prit la fillette dans ses bras et se mit à marcher rapidement.

— On l'emmène chez moi, au chaud, surtout

pas dans l'atelier où il gèle presque autant que dehors !

La maison de Tom n'était pas loin, il ne nous fallut que quelques minutes pour la rejoindre. La femme de Tom, Élise, était là. En voyant la petite fille, elle leva les bras en l'air.

— Qu'est-ce qui se passe ?

— Dépêche-toi ! lui dit Tom qui tenait toujours Eva dans ses bras. On vient de la trouver dehors. Il faut la réchauffer ! Bourre le poêle de bois !

Il installa Eva le mieux possible dans un gros fauteuil qu'il poussa tout près de la source de chaleur. Élise commença à frictionner la fillette afin de la réchauffer. De son côté, Tom appelait le médecin ; il viendrait dès que possible.

Il était tard et Tom me dit :

— Tu peux rentrer maintenant. On s'occupe d'elle.

Je quittai Tom et Élise non sans avoir regardé une dernière fois Eva. Elle n'avait rien dit et semblait toujours aussi faible. Avant de revenir chez moi, je passai voir Violette pour la mettre au courant. Puis je rentrai et racontai tout à tante Aurélie.

À table, je mangeai sans grand appétit. Tout de suite après le repas, je téléphonai. Tom me dit que le médecin venait de passer. La fillette était hors de danger. Il fallait qu'elle demeure au chaud, lui faire boire des boissons chaudes et lui donner à manger dès que possible.

Depuis combien de temps était-elle restée dans le froid ? Depuis quand n'avait-elle pas mangé ? On ne le savait pas. Mais on pouvait supposer qu'à cause de sa faiblesse et du froid, elle s'était laissée tomber au pied de cet arbre où je l'avais découverte.

J'étais rassuré et je promis à Tom de lui rendre visite le lendemain matin avant de rejoindre le collège. J'allai tout de suite annoncer la bonne nouvelle à Violette qui me demanda de passer la prendre le matin.

Le lendemain, dès que je m'éveillai, je regardai par la fenêtre. Le jour n'était pas encore levé. Cependant, je remarquai qu'il n'avait pas neigé de nouveau, mais que tout restait blanc, gelé. Je me préparai en hâte et passai prendre Violette qui m'attendait déjà. La maison de Tom n'était pas loin : il nous suffisait de contourner la gare.

Il devait nous guetter, car, dès notre arrivée, il sortit à notre rencontre. Nous avions à peine franchi le portail qui donnait sur son jardin qu'il nous parlait déjà :

— Elle est partie !

— Comment ? s'exclama Violette.

— Elle est simplement repartie chez elle !

En nous faisant entrer au chaud, Tom nous expliqua ce qui s'était passé.

Après notre départ, Eva n'avait toujours rien dit. Élise lui avait préparé un repas. La fillette avait mangé puis, comme ses yeux se fermaient à cause de la fatigue, Élise l'avait rapidement couchée dans une chambre bien chauffée du rez-de-chaussée. Elle s'était endormie très vite. Élise était venue la voir plusieurs fois : elle dormait toujours. Enfin, Tom et sa femme s'étaient couchés à leur tour.

Ce matin, aussitôt après avoir pris son petit déjeuner, Eva avait voulu partir. Tom avait insisté pour l'accompagner. La fillette avait refusé, répétant qu'elle était bien capable de rentrer seule chez elle, sans donner plus d'explications.

Tom était ensuite sorti chercher du bois pour le chauffage. Élise était montée à l'étage faire la chambre. Eva était partie à ce moment-là, sans rien dire...

Tom conclut son récit en ajoutant, l'air navré :

— De toute façon, je ne pouvais quand même pas l'empêcher de rentrer chez elle ! Et elle n'a même pas voulu me dire où elle habitait...

— Je me suis pourtant bien occupée d'elle,

assura Élise. C'est vrai qu'elle ne parlait presque pas. J'ai pensé que c'était à cause de sa faiblesse. Elle était si fragile... Elle avait quand même bien mangé... Ah, elle n'est pas grosse ; elle ne doit pas manger si bien que ça tous les jours.

Nous nous retirâmes, Violette et moi, un peu abasourdis. Il fallait aller au collège. Une fois sortie, Violette s'étonna :

— Pourquoi est-elle partie si vite ? Tu y comprends quelque chose ?... Elle était pourtant bien accueillie, avec des gens qui prenaient soin d'elle !

— En plus, avec un froid pareil, c'est incompréhensible... Et pourtant, elle est partie. Où ? Certainement chez elle. Sans doute du côté de l'Étang-Gris, là où nous l'avons toujours rencontrée...

Je réfléchis un instant et j'ajoutai :

— Si elle est partie sans rien dire, c'est qu'il y a une raison... sans doute la même cause pour laquelle nous n'avons jamais pu vraiment communiquer avec elle... Cette raison, je la trouverai !

D'ailleurs, je gardais confiance. Je me rappelais ma précédente rencontre avec Eva à la halte de l'Étang-Gris. Plus que de sa peur, je me souvenais de son sourire. J'avais aussi pu lui laisser mon adresse. Je n'aurais pu l'expliquer, mais j'en avais la certitude : elle n'hésiterait pas à venir me voir si elle en avait besoin.

Les jours de décembre passaient et il faisait toujours aussi froid. La campagne restait blanche, les étangs étaient gelés et les roseaux prisonniers des glaces. Les oiseaux se faisaient rares.

Malgré le froid et les touristes peu nombreux, la vie continuait à la petite gare des Bruyères, même si elle était beaucoup moins animée qu'en pleine saison. Des trains allaient et venaient : machines à vapeur et locomotives Diesel circulaient de temps à autre. Et, de toute façon, Tom était toujours à son poste. Je continuais à le voir régulièrement.

8. Un incident sur la locomotive

Enfin, les vacances de Noël arrivèrent. En passant devant les vitres embuées des maisons du village, on pouvait admirer des sapins illuminés et parés de guirlandes étincelantes, de petites crèches remplies de santons aux poses expressives, des lumières multicolores qui clignotaient.

Ce premier jour de vacances, malgré un froid vif, je ne restai pas au chaud et je décidai d'aller voir Tom. Quand j'arrivai, il était prêt à partir. Je n'eus que le temps de sauter dans la machine dont le moteur ronronnait doucement. En démarrant, Tom me dit :

— On va à la halte du Pont-Neuf ! Ils ont

besoin de matériel pour réparer le garde-corps du pont. Regarde derrière.

Je tournai la tête : un wagon plat était attelé. À l'intérieur se trouvaient des pièces de métal qui ressemblaient à de longs tubes.

À peine cent mètres plus loin, on s'arrêta à proximité d'un aiguillage. Tom descendit le manœuvrer. En effet, la halte du Pont-Neuf n'est pas sur la voie principale. C'est une voie ferrée secondaire qui conduit vers le nord-ouest. Elle se perd dans la campagne, jalonnée de quelques haltes, mais pas de gares véritables.

Dès qu'il eut fini de manœuvrer l'aiguillage, Tom remonta dans le locotracteur et démarra.

Nous sortîmes de la gare à petite vitesse en suivant une longue courbe. Bientôt, la voie devint sinueuse et légèrement en pente. Elle suivait une rivière qui coulait en contrebas sur notre gauche. Au bout d'environ dix minutes, Tom s'arrêta sur un pont de pierre qui enjambait la rivière. Il serra les freins avec précaution à cause de la pente et arrêta le moteur. À travers la vitre avant, il me montra la halte du Pont-Neuf, une centaine de mètres plus loin à la sortie du pont. Il s'agissait d'un simple tronçon de voie qui s'embranchait sur la ligne principale et conduisait à un quai. Derrière ce quai se trouvait un hangar.

C'était tout ce qu'il y avait.

Je descendis avec Tom et il me demanda d'être prudent. En effet, le pont surplombait la rivière que nous avions suivie jusqu'alors, mais les garde-corps étaient par endroits abîmés. Il fallait les remplacer. C'était pour cela que nous emportions des éléments métalliques qu'une équipe devait souder durant la semaine. J'aidai Tom à décharger le matériel que nous posâmes le long de la voie. En moins d'une demi-heure, tout était terminé.

Cependant, au moment de remonter sur sa machine, Tom poussa un juron. Je m'approchai. Une large flaque d'huile s'étalait sous la locomotive. Nous n'avions pourtant rien heurté. Que s'était-il passé ?

Tom se pencha puis, pour mieux voir, il se coucha sur le dos et se mit sous la machine.

— C'est le bouchon ! dit-il. Il est presque complètement dévissé... Alors l'huile fuit...

Il s'extirpa de dessous la locomotive, monta les marches conduisant à la cabine et ouvrit le capot situé à l'arrière. Parmi les outils, il choisit quelques clés plates et s'engagea de nouveau sous la machine. Quelques minutes plus tard, il en ressortait, les mains pleines d'huile noire.

Tout en s'essuyant, il s'emporta.

— Mille clés à molette !... Un bouchon de vidange qui se dévisse tout seul ! Je sais bien que ma machine est vieille, mais quand même !

— Tu ne crois pas qu'il a pu se dévisser peu à peu avec les vibrations ?

Tom fut catégorique.

— Impossible ! Je l'entretiens, ma loco... et je serre toujours correctement les bouchons de vidange !

Nous remontâmes dans la cabine. Il restait quand même suffisamment d'huile dans le moteur, mais il ne fallait pas le faire trop chauffer : nous devions donc rouler à toute petite vitesse. Tom démarra et nous repartîmes en direction de la gare des Bruyères en marche arrière, à vitesse réduite.

Sur le chemin du retour, Tom continua à maugréer en disant que ce n'était pas possible, une panne pareille. De mon côté, je préférais ne rien dire pour ne pas le contrarier, mais je pensais que, même si sa locomotive était bien entretenue, il ne fallait pas oublier qu'elle avait plusieurs dizaines d'années. La plupart des modèles de ce type étaient depuis longtemps à la ferraille !

Enfin, on arriva à la gare des Bruyères. Tom bascula l'aiguillage et abandonna le wagon sur une voie de garage. Puis il rentra la machine dans son hangar afin de refaire le plein d'huile et de tout vérifier.

Je le quittai pour passer chez Violette à qui je racontai l'incident. Après un instant de réflexion, elle donna son avis.

— Je ne suis pas tout à fait d'accord avec toi, Axel, quand tu expliques tout parce que la loco est trop ancienne...

— Alors, tu penses que quelqu'un a touché la loco de Tom ?

— Je ne sais pas... mais je m'interroge. Tom a raison, un bouchon de vidange ne se dévisse pas tout seul...

Je ne savais pas trop qu'en penser. En général, j'écoutais volontiers les intuitions de Violette ; elle se trompait rarement. Mais là, je ne voyais pas où elle voulait en venir et je répondis :

— D'accord, un bouchon ne se dévisse pas tout seul, mais cela peut arriver... Et puis qui aurait intérêt à faire ça ?

— C'est bien la question !

Et elle ajouta après un instant de silence :

— Tu te souviens aussi de l'aiguillage qui nous avait déviés...

— Tu veux dire que quelqu'un aurait fait tout cela, mais dans quel but ?

— Dans quel but, je ne sais pas... Il n'y a qu'une chose à faire, c'est d'attendre. Si cette personne cherche à nuire, elle recommencera sans doute.

9. Vers la gare de Souvigne

Violette avait raison de penser qu'un inconnu chercherait de nouveau à faire du mal. J'en eus la certitude trois jours plus tard exactement. Les vacances de Noël étaient à peine commencées et Tom nous avait invités, Violette et moi, à faire un tour avec lui jusqu'à la gare de Souvigne. Il devait y chercher quelques wagons.

Vers neuf heures, je passai prendre Violette chez elle. Comme il avait neigé durant la nuit, tout était recouvert d'une couche blanche. Pourtant, la journée s'annonçait belle. Le soleil perçait à travers quelques nuages et l'on voyait des pans de ciel bleu.

Tom arriva au hangar en même temps que nous. Il était de bonne humeur et me dit :

— Puisque tu es là, tu vas m'aider à faire les vérifications.

— Tu as besoin de moi aussi ? demanda Violette.

— Non, répondit Tom en souriant, à deux, ce sera bien suffisant.

Mais alors que Tom ouvrait les portes de la remise en sifflotant, je reçus quelque chose de froid en pleine figure. Je me retournai et vis Violette derrière moi, en train de rire. Elle préparait déjà une seconde boule de neige à mon intention. Je ne me laissai pas faire et lançai rapidement plusieurs projectiles sur Violette, mais je ne visais pas très bien. Tom se mit aussi de la partie, mais comme il courait moins vite que nous, il évitait mal les tirs. Au bout de quelques minutes, il était couvert de neige poudreuse.

Enfin, essoufflés, on s'arrêta. Nous avions les joues rouges et nous ne sentions plus le froid.

— Allez, on y va maintenant, dit Tom en secouant la neige qui le couvrait.

Il entra le premier sous la remise et donna une petite tape amicale à sa locomotive comme s'il flattait un animal familier, puis il en commença tout de suite l'inspection.

On fit d'abord le tour de la machine, en regardant sous la caisse, pour contrôler les freins et voir s'il n'y avait pas de fuite d'huile. Après, il fallut vérifier le niveau de gazole. Il en restait deux cent cinquante litres. C'était amplement suffisant. On contrôla ensuite le moteur : la tension des courroies, le niveau d'huile, l'absence de fuites d'huile tout autour. Enfin, on monta dans la cabine en vérifiant si l'inverseur était sur la position neutre (c'est-à-dire au point mort) et si la poignée de frein était bien serrée. Il ne restait plus qu'à démarrer.

Bientôt, le grondement caractéristique du moteur se fit entendre. Nous étions tous les trois dans la cabine qui vibrait légèrement. Par les portes ouvertes de la remise s'élançaient les rails qui dépassaient à peine sous la couche de neige, juste deux petites lignes brillantes qui semblaient trop fragiles pour nous porter. Tom enclencha la marche avant. Je le regardai. À son signe de tête, j'actionnai l'avertisseur qui mugit alors que le lourd véhicule commençait à glisser sur les rails.

Le paysage que nous traversions était féerique. Tout était blanc et gris. La neige enrobait tout, même les étendues planes des étangs gelés. Les arbres étaient couverts de givre. Les petites maisons qu'on apercevait étaient coiffées de blanc. Avec Violette, je ne me lassais pas de regarder le paysage qui défilait.

La voie ferrée était aussi recouverte de neige, mais l'épaisseur en était faible. Cependant, par prudence, Tom roulait à petite allure. Heureusement, car à l'approche d'une courbe de voie, quand il voulut freiner, je l'entendis s'exclamer :

— Qu'est-ce qui se passe ?

Alors que Tom poussait la manette de frein complètement vers la droite, la machine ne semblait pas réagir.

— Mille clés à molette ! rugit-il. Plus de freins !... C'est une ruine que j'ai entre les mains !

Je regardai le cadran de l'indicateur de pression des freins : l'aiguille ne bougeait pas. La machine continuait à filer sur les rails.

Tom était furieux, mais il se contint. Il lui fallait veiller à la sécurité de tous. Il expliqua :

— Il y a une légère côte plus loin. La machine s'arrêtera toute seule !

On roula ainsi pendant plusieurs minutes et, effectivement, à un moment donné, la locomotive ralentit. Même si tout semblait plat, il devait y avoir une légère montée.

Comme la machine roulait tout doucement, je

sortis avec Violette par la petite porte donnant sur la plate-forme entourant le moteur. Nous allâmes jusqu'à l'avant, les mains appuyées sur le garde-corps. Tom était bien sûr resté dans la cabine. Alors que l'engin semblait presque s'arrêter, il s'écria :

— On y est !

La locomotive roulait maintenant au pas, on aurait pu en descendre sans se faire de mal, mais Tom nous dit d'attendre. Quelques instants plus tard, la machine s'arrêta complètement.

— On ne descend pas encore ! dit Tom.

Après un bref instant, la machine se mit à rouler lentement dans l'autre sens. C'était logique, nous redescendions maintenant la légère pente.

— Attendez un peu encore ! nous dit Tom. On s'arrêtera bientôt sur le plat.

Effectivement, quand la machine eut terminé sa course, elle s'immobilisa. Nous étions sur le plat.

Tout de suite, Tom vérifia de près le système de freinage. Un élément du circuit avait été arraché. Nous ne l'avions pas vu tout à l'heure. Pour Tom, il s'agissait d'un sabotage. Il ne chercha pas à faire une réparation sur place, car il n'avait pas le matériel nécessaire. Nous rentrâmes donc à pied tous les trois en marchant le long de la voie, tout en discutant pour essayer de comprendre ce qui s'était passé.

Cette fois, nous étions tous d'accord : quelqu'un avait tenté de nous nuire, mais dans quel but ? C'était sans doute la même personne qui avait manœuvré l'aiguillage, qui avait dévissé le bouchon de vidange et qui, aujourd'hui, avait saboté les freins. En voulait-on à Tom ? Pourtant, il ne se connaissait pas d'ennemis. Il était aimé et respecté à la gare et dans le village.

Après une bonne marche, nous arrivâmes à la gare des Bruyères. Il était temps de nous séparer. Tom était triste, mais résolu.

— Je vais voir mes collègues pour dépanner le locotracteur. Ensuite, je mettrai un cadenas à la remise pour que personne ne vienne trafiquer ma machine.

Et d'ajouter, les yeux brillants :

— Je vous garantis qu'on trouvera la canaille qui a touché à ma loco !

Mais les jours suivants, Tom eut beau faire le guet, chercher des indices, il n'était pas plus avancé.

10. Le cadeau de Violette

La fête de Noël arrivait et je voulais offrir un cadeau à Violette. J'avais mon idée. Violette aimait lire. J'avais donc décidé de lui offrir un livre. Je pensais en acheter un sur place, au village des Bruyères. On ne trouve pas de librairie dans un village de cette taille, mais seulement quelques commerces qui vendent des souvenirs et bien d'autres choses pour les touristes toujours nombreux à cause du train. J'allai donc dans l'un de ces magasins qui proposaient, en plus des souvenirs, des vêtements, des jeux et même des livres.

En cherchant au bon rayon, je tombai sur un livre intitulé *Cent Poèmes*. Tout de suite, je sus qu'il plairait à Violette, car elle appréciait la poésie. Elle aimait de temps à autre en lire ou en réciter. Mais en regardant le prix, j'eus un petit pincement au cœur. Il était assez élevé. Ce que j'avais allait-il suffire ? En effet, j'avais déjà dépensé une bonne partie de mes petites économies pour préparer le cadeau de tante Aurélie.

J'ouvris mon porte-monnaie et comptai ce qui restait : seulement un petit billet et quelques pièces. C'était juste, mais ma décision était prise. J'achetai le livre et demandai un emballage cadeau.

Maintenant, il ne me restait plus qu'à l'offrir. Je savais que chez Violette, on donnait les cadeaux le 25 décembre au matin, mais je voulais lui faire une petite surprise. J'en avais parlé à tante Aurélie qui s'était mise à rire en disant : « Quelle idée, Axel ! » Cependant, elle me laissa faire. C'est pourquoi, le 24 décembre, à neuf heures du soir, alors que la nuit était tombée, je sortis discrètement, mon cadeau à la main.

La lune brillait faiblement, mais la neige réfléchissait ses rayons pâles et j'y voyais suffisamment. D'ailleurs, la maison de Violette était voisine et j'en connaissais bien le chemin. J'arrivai donc dans son jardin après avoir poussé le portillon.

De la lumière passait à travers les fentes des volets de la chambre de Violette. Elle ne dormait donc pas, il me fallait faire attention. Je m'approchai tout près. Voici ce que j'avais l'intention de faire : accrocher son cadeau à ses volets. Ainsi, le matin de Noël, elle le trouverait tout de suite en ouvrant sa fenêtre. J'étais content de lui faire cette surprise !

À l'aide du ruban, j'entrepris d'attacher le petit paquet, mais c'était difficile. Il n'y avait pas de prise suffisante et il faisait trop sombre. Je regrettais de ne pas avoir pris ma lampe de poche. J'essayais d'y arriver comme je pouvais, mais je dus faire du bruit, car, brusquement, les volets s'ouvrirent. Je n'eus que le temps de me reculer. C'était Violette qui, les yeux ronds d'étonnement, me regardait.

— Axel !... Mais qu'est-ce que tu fais ici ?

Un peu embarrassé, je montrai mon cadeau.

— Euh... Je voulais te faire une surprise et l'accrocher...

Elle éclata de rire.

— Quelle idée !... Rentre vite, tu vas prendre froid !

Moi qui aurais voulu être discret, j'étais gêné. Violette et ses parents m'attendaient à la porte d'entrée. Elle venait de les mettre au courant et ils souriaient de mon initiative.

Peu après, j'étais dans la chambre de Violette. Elle déballa son cadeau et m'embrassa sur les deux joues. Elle était ravie. Tout de suite, elle ouvrit le livre et regarda les titres des poèmes. Certains lui étaient familiers, d'autres non.

— Puisque tu es là, tu vas en écouter un avant de repartir !

Elle choisit un poème de circonstance : *Nuit de neige* de Guy de Maupassant, et se mit à le lire de sa voix claire et douce.

La grande plaine est blanche, immobile et sans voix ;
Pas un bruit, pas un son, toute vie est éteinte.
Mais on entend parfois, comme une morne plainte,
Quelque chien sans abri qui hurle au coin d'un bois.

Plus de chansons dans l'air, sous nos pieds plus de chaumes ;
L'hiver s'est abattu sur toute floraison ;
Des arbres dépouillés dressent à l'horizon
Leurs squelettes blanchis, ainsi que des fantômes.

La lune est large et pâle et semble se hâter.

On dirait qu'elle a froid dans le grand ciel austère.

De son morne regard elle parcourt la terre,

Et, voyant tout désert, s'empresse à nous quitter...

Dès qu'elle eut fini sa lecture, Violette ouvrit le tiroir d'une commode et en sortit un petit paquet plat entouré d'un ruban d'or.

— Tiens, c'est pour toi ! Je voulais te l'offrir demain, mais comme tu as avancé les choses...

Je remerciai Violette et j'ouvris délicatement le cadeau. C'était une petite maquette de locomotive à monter soi-même avec des pièces détachées. Violette me regardait avec un peu d'anxiété. Le cadeau allait-il me convenir ? Je la rassurai bien vite en l'embrassant. Rien ne pouvait me faire plus plaisir. Je pourrais ainsi compléter ma collection de maquettes. Je restai un moment avec la boîte entre les mains, ému que Violette ait aussi pensé à moi, puis, comme il était tard, je rentrai chez moi.

11. Une ombre dans la nuit

Il y avait déjà une semaine de vacances passée. Un matin, je décidai d'aller me promener avec Violette du côté des étangs. La journée était assez belle, éclairée par un pâle soleil, même si le froid persistait.

Après avoir emprunté, à pied, la petite route qui conduisait à la halte de l'Étang-Gris, nous arrivâmes devant l'étang. Il était gelé. La croûte glacée qui le recouvrait brillait légèrement sous les rayons du soleil. Mais on n'aurait certainement pas pu marcher sur la légère couche de glace sans danger, car elle était beaucoup trop fine.

Tout était immobile, comme figé. Il n'y avait pas un souffle d'air. Durant toute cette promenade, je reparlai avec Violette de tous les événements que nous avions vécus. Nous avions beau retourner dans notre tête tout ce que nous savions, nous n'arrivions pas à expliquer ce qui s'était passé.

Lorsque nous rentrâmes, au bout de deux heures de marche, j'étais un peu déçu. En retournant près de l'étang, j'avais imaginé rencontrer à nouveau la fillette et lui parler. Rien de tout cela, elle semblait plus insaisissable que jamais. J'étais aussi triste pour Tom... Qui lui en voulait ? Et pourquoi ?

Le soir, dans mon lit, je retournais encore ces questions dans ma tête sans pouvoir trouver de réponses. Pour me changer les idées, je pris un livre. Puis, le sommeil venant, j'éteignis la lumière et m'endormis.

Mon sommeil fut lourd et peuplé de rêves. Il me semblait entendre des bruits sourds dans la maison, mais, comme il arrive parfois lorsqu'on rêve, je ne parvenais pas à me réveiller. Je ne savais pas si ce qui se passait était réel ou seulement un rêve.

Pourtant, en pleine nuit, je me réveillai brusquement. J'avais cru entendre du bruit dehors. Je me levai à demi et tournai la tête en direction de ma fenêtre qui donnait sur le jardin au rez-de-chaussée. Mes volets étaient restés ouverts, mais les rideaux étaient tirés ; je ne pouvais donc rien distinguer. J'écoutai un moment, mais le bruit qui m'avait réveillé semblait avoir disparu. C'était sans doute le vent dans les arbres. Il n'y avait pas de quoi s'inquiéter.

Je me préparai donc à me rendormir, mais, de nouveau, il me sembla encore entendre du bruit dans le jardin.

Cette fois, ce n'était pas le vent, c'était le bruit que ferait quelqu'un en marchant ! Il me fallait savoir...

Je me levai dans le noir et allai directement à ma fenêtre. Je tirai légèrement un coin du rideau pour observer le jardin. Je ne vis d'abord rien de particulier. Tout était sombre mis à part la neige sur la pelouse qui brillait légèrement. Les arbres et les buissons se détachaient comme des squelettes noirs. Je restai comme cela un instant à regarder. Il n'y avait pas de vent, tout était immobile.

Soudain, le bruit de pas revint. C'était comme si quelqu'un tournait autour de la maison en cherchant quelque chose...

Le bruit se rapprochait. Instinctivement, je repoussai le bord du rideau et laissai seulement un tout petit espace, juste de quoi voir.

Une ombre se profila sur la gauche : il y avait donc bien quelqu'un. J'ouvris un peu plus le rideau pour mieux observer et je la revis, la fillette de l'ombre. Elle était là, regardant les fenêtres une à une. Elle était donc venue me voir ! Elle avait besoin de moi !

Vite, je tirai le rideau complètement et j'ouvris la fenêtre. Au bruit, elle tressaillit et tourna la tête vers moi. En me reconnaissant, ses lèvres esquissèrent un sourire.

Je parlai le premier :

— Eva, attends-moi, je vais t'ouvrir !

Je me précipitai vers la porte d'entrée. À peine l'avais-je ouverte que j'entendis un cri et un bruit de fuite.

Eva avait disparu !

Que s'était-il passé ? Pourquoi avait-elle crié ?

Je rentrai dans la maison pour y chercher une lampe de poche. Toujours en pyjama, j'enfilai rapidement une paire de chaussures et je me couvris d'un blouson. Dehors, je m'élançai en direction de la route.

Il n'y avait personne.

Puis j'entendis un autre cri, plus étouffé et plus lointain, qui provenait, me semblait-il, du côté de la gare. Je me précipitai dans cette direction et me trouvai bientôt au milieu des divers bâtiments qui longent la voie ferrée.

Ne sachant plus où aller, je m'arrêtai et j'écoutai. Je n'entendais plus rien sinon le léger bruit du vent dans les arbres.

Tout était silencieux.

J'étais sur le sol blanc et gelé, entouré par les masses sombres des hangars. À mes pieds, les rails s'étiraient comme de minces lignes noires.

Je restai ainsi plusieurs minutes, essayant de capter le moindre bruit. Puis, comme je commençais à avoir très froid, je décidai de rentrer à la maison.

De nouveau dans ma chambre, je réfléchis à l'étrange rencontre de cette nuit. Ainsi, Eva était venue me voir. Elle avait donc confiance en moi. Sans doute avait-elle besoin d'aide ? Peut-être courait-elle un danger... sinon, pourquoi venir en pleine nuit ? Et puis, pourquoi s'être ensuite enfuie ?

Toutes ces questions m'empêchèrent de me rendormir pendant un bon moment. Enfin, je sombrai dans le sommeil.

12. Le message d'Eva

Le matin, quand je me réveillai, il faisait grand jour depuis longtemps. Tante Aurélie m'avait laissé dormir ; elle était partie travailler. Je m'habillai rapidement, avalai mon petit déjeuner et sortis rejoindre Violette. Je la mis au courant de la visite de cette nuit, puis nous partîmes voir Tom.

De loin, nous l'aperçûmes devant l'abri de sa locomotive. Il nous fit de grands signes pour nous inviter à nous hâter.

Nous courûmes vers lui. Était-il arrivé quelque chose ? Une fois devant la remise encore fermée, Tom se contenta de la montrer du doigt.

Quelques mots étaient inscrits sur la porte :

Mêlez-vous de vos affaires !

Qui avait pu écrire cela ? Abasourdi, je relus plusieurs fois l'inscription. En voulait-on à Tom en particulier... ou bien cette menace nous visait-elle tous ?

Je me demandai s'il n'y avait pas un rapport entre les événements de cette nuit et cette intimidation. Je m'empressai de raconter à Tom ce qui venait d'arriver. Il m'écouta avec attention et conclut :

— Si Eva est venue en pleine nuit, c'est qu'elle avait besoin d'aide... et l'individu qui a écrit ça ne veut pas qu'on s'occupe d'elle.

— C'est donc la même personne qui a fait peur à Eva, dans la nuit, et qui a écrit cette menace, dit Violette.

J'ajoutai :

— Cette personne ne veut pas qu'on s'approche de l'enfant, mais pourquoi ?

— Je ne sais pas, dit Tom, mais pour moi, l'individu qui vient d'écrire ces mots est celui qui a aussi dévié l'aiguillage, provoqué la fuite d'huile et la panne du frein sur la locomotive...

Il réfléchit un instant puis reprit :

— Maintenant, je n'arrive pas à comprendre pourquoi !... Mais de mon côté, je vais mener ma petite enquête, car il y a une chose certaine : ce malfaiteur connaît les lieux, les machines. Peut-être même est-il familier avec les installations de la gare.

Et il ajouta, en me regardant :

— Y aurait-il un rapport avec Eva, parce que nous l'avons accueillie dans notre maison ?

Cela me semblait possible.

— Peut-être ! Mais encore une fois, pourquoi empêcher Eva de venir nous voir ?

— C'est toute la question, conclut Violette. Et je crois qu'on ne trouvera pas ici la clé du mystère... Il faut retourner à la halte de l'Étang-Gris, là où nous avons rencontré Eva à plusieurs reprises. C'est notre seule chance de la retrouver.

— Je vous emmène, proposa Tom. On ne sait jamais, il y a peut-être du danger !

Moins d'une demi-heure plus tard, nous roulions tous les trois vers la halte de l'Étang-Gris. Quand nous arrivâmes, Tom gara sa machine sur une voie de service afin de laisser la ligne principale libre. On commença par visiter les lieux où nous avions déjà rencontré la fillette.

Mais tout était désert.

On continua ensuite les recherches aux alentours, mais il n'y avait aucune maison habitée dans le secteur, rien que des étangs entourés de forêts.

Environ trois heures plus tard, nous rentrions bredouilles à la locomotive.

— Il faudra persévérer et revenir régulière-ment par ici ! proposa Violette sur le chemin du retour. Je suis sûre qu'on la retrouvera...

Tout en regardant défiler les champs et les bois enneigés le long des voies, je pensais à ce que venait de dire Violette. Elle avait raison. Je me promis de retourner le plus souvent possible à la halte de l'Étang-Gris. Eva avait besoin d'aide. Elle était venue me voir, mais quelqu'un l'en empêchait. Je devais l'aider.

Les jours suivants, je revins régulièrement dans les parages de l'Étang-Gris, seul ou avec Violette, parfois avec Tom. Mais rien ! La fillette demeurait insaisissable depuis les quelques mots inscrits sur la porte de la remise. La personne qui avait écrit cette menace l'empêchait-elle de sortir ?

Je n'avais pas de réponse, mais je me disais qu'en continuant à chercher, je trouverais. Chaque fois que j'allais du côté de l'Étang-Gris, je poussais mes recherches un peu plus loin, dans des contrées sauvages. Je prenais mon vélo et j'avançais ainsi sur des chemins forestiers interminables. Je découvrais parfois des étangs abandonnés, envahis par les roseaux, en plein milieu des bois.

Un jour, j'arrivai dans un lieu que je n'avais encore jamais visité et je trouvai, au bout d'une route forestière, quelques maisons délabrées. Mon cœur battit fort, car je pensais qu'Eva habitait peut-être dans ce genre d'endroit. C'était un lieu sauvage et isolé.

Je visitai alors avec soin les quelques maisons, mais tout semblait abandonné. Personne ne vivait sans doute ici depuis bien longtemps.

Avant de repartir chez moi, je décidai de repasser encore une fois par la halte de l'Étang-Gris. Je me souvenais du jour où la fillette m'avait remis le bracelet de Violette en cet endroit. Mon vélo à la main, je fis le tour de la gare abandonnée et ne vis rien de particulier.

Mais alors que j'allais partir, mon attention fut attirée par une petite feuille de papier pliée, coincée dans une fente du mur.

Cette feuille se trouvait à l'endroit même où j'avais déjà rencontré Eva.

Je pris vivement le papier et lus ces quelques mots :

Axel, je ne peux plus venir te voir.

Viens m'aider !
Eva

Après avoir lu le message, mon cœur se mit à battre très fort. J'étais bouleversé. Ainsi, je ne m'étais pas trompé. Eva était en danger. Elle demandait mon aide !

J'examinai alors de plus près la petite feuille, pliée et repliée de façon à ne tenir que peu de place. Le message ne devait pas être ici depuis bien longtemps, car le papier n'était même pas humide. Le texte était très court. Sans doute, Eva n'avait-elle pu en écrire plus.

Ainsi, elle était venue, il y a peu de temps !

Avant de repartir, il me fallait répondre pour la réconforter en plaçant à mon tour un message, au même endroit, dans la fente du mur. Mais je n'avais ni papier, ni crayon. Que faire, revenir ? Il me fallait alors attendre le lendemain et j'aurais voulu répondre de suite. En regardant à nouveau le texte, écrit sur la première moitié de la feuille, il me vint à l'idée que je pouvais déchirer l'autre partie de la page restée blanche. J'avais ainsi du papier. Il ne me restait plus qu'à trouver un outil pour écrire.

Je repartis en direction des hangars, là où se situait autrefois une réserve de charbon.

J'espérais trouver un morceau de charbon suffisamment fin pour me permettre de tracer quelques mots.

Je mis du temps pour le découvrir : c'était une lamelle, fine et fragile. Je l'affûtai en la frottant sur une roche puis je testai ce crayon improvisé sur de la pierre. Ensuite, sur la moitié de feuille de papier, j'écrivis en grosses lettres malhabiles les mots suivants :

Je reviendrai ici chaque fois que je pourrai.
Axel

Je pliai ensuite le message plusieurs fois de façon à le rendre bien plus petit. Ainsi, Eva verrait tout de suite que ce n'était plus le même, que c'était une réponse. Je glissai le papier dans la fente et, après avoir regardé une dernière fois autour de moi, j'enfourchai mon vélo pour rentrer. J'étais plein d'espoir, il me semblait que j'allais bientôt la revoir.

13. Dans le froid

Le lendemain, j'allai de nouveau à la halte de l'Étang-Gris, accompagné de Violette. C'étaient les derniers jours des vacances de Noël. Le temps s'était radouci et la neige avait en partie fondu. Cependant, le froid persistait, surtout la nuit, et les étangs étaient en permanence recouverts d'une fine croûte de glace qui se brisait par endroits.

En arrivant, je vis tout de suite que mon texte était toujours là. Eva n'était donc pas passée. Je le remplaçai par un autre, plus soigné, que j'avais écrit à la maison.

Les jours suivants, je revins, seul ou avec Violette. Mon message était toujours en place. Cependant, à chaque fois, je le retirais de la fente du mur afin de voir s'il y avait une réponse.

Mais je ne trouvais toujours rien.

Eva n'avait sans doute pas pu sortir de nouveau. Cela me semblait évident, sinon elle m'aurait répondu. On l'avait déjà empêchée de venir chez moi... Elle ne pouvait peut-être plus sortir librement.

Cependant, j'espérais encore. Elle avait pu se libérer pour placer ce message ; elle trouverait peut-être une autre occasion pour revenir.

Pourtant, il n'y eut rien de nouveau les jours suivants. Les vacances terminées, je repris le chemin du collège, comme Violette. Deux ou trois fois par semaine, je pouvais quand même revenir à la halte de l'Étang-Gris.

C'est ce que je fis. Tante Aurélie voyait mon air triste et elle me laissait partir, espérant aussi que je puisse retrouver cette fillette qui comptait sur mon aide.

Les jours se succédaient et n'apportaient rien de nouveau malgré mes fréquentes visites à la halte de l'Étang-Gris. Il avait encore neigé : une fine couche recouvrait le sol. Puis il avait gelé et la neige s'était durcie.

Un mercredi après-midi, malgré le vent glacial qui soufflait, je me préparai à partir à l'Étang-Gris. Il faisait tellement froid que je n'osai pas demander à Violette de m'accompagner. Je partis donc seul, à vélo. Le paysage était magnifique. Les champs étaient entièrement blancs. Malgré le vent, les herbes étaient immobiles, durcies à cause du gel. On aurait dit que les arbres étaient de verre. Sur la petite route, je faisais bien attention en roulant, car des plaques de glace brillaient çà et là.

Au bout d'un moment, je me rendis compte que je n'étais pas assez couvert tellement le froid était intense. J'hésitai. Me fallait-il rentrer ? Je décidai de continuer quand même et me mis à pédaler plus vite afin de me réchauffer.

J'arrivai enfin à la halte de l'Étang-Gris. Tout était désert, gelé. Quelques flocons de neige dansaient dans le vent. Je me dirigeai tout de suite vers le bâtiment le long du quai et vérifiai mon message, toujours dans la fente du mur.

De nouveau, rien ! Eva n'était pas passée. L'empêchait-on de sortir ? Était-elle malade ? Était-il encore utile que je revienne ?

Je décidai pourtant d'attendre. Pour me réchauffer, je me mis à marcher de long en large sur le quai. Une femme passa un peu plus loin, sur la petite route qui conduisait à la halte. Elle marchait d'un pas rapide, accompagnée de son chien. Me voyant sur le quai, elle s'arrêta un instant et me regarda, comme si elle se demandait ce que je faisais là, puis elle reprit sa promenade.

Le vent se mit à souffler si fort que je me protégeai derrière le mur du petit bâtiment. J'attendais ainsi depuis peut-être une heure. Je grelottais de froid, les pieds dans la neige, les mains dans les poches.

À ce moment-là, quelqu'un se dirigea vers moi. Je reconnus la femme que j'avais vue passer tout à l'heure avec son chien.

En arrivant, elle me demanda :

— Qu'est-ce que tu fais là, mon garçon ?

— Euh... J'attends quelqu'un...

— Tu attends quelqu'un ? Avec ce froid !... Fais-moi voir tes mains.

Après avoir touché mes mains glacées, elle s'écria, un peu affolée :

— Je ne peux pas te laisser comme ça ! Viens, tu vas venir te réchauffer chez moi, ce n'est pas loin...

En me prenant par le bras, elle m'entraîna sur la petite route. Je ne sais combien de temps nous marchâmes ainsi, mais il me semblait que j'avais de plus en plus froid.

À un moment, la femme s'arrêta, prit son écharpe et la noua autour de mon visage pour mieux me protéger en disant :

— Quelle idée de rester comme ça tout seul dans le froid ! Et la nuit qui arrive bientôt !

Puis elle reprit sa route, me tenant toujours par le bras et m'aidant du mieux qu'elle le pouvait.

14. La maison près de l'étang

Une fois chez elle, la femme me fit asseoir dans un fauteuil face au poêle. Elle m'apporta ensuite une tasse de thé dans laquelle elle avait mis du miel. Elle me donna aussi quelques biscuits.

La chaleur du poêle, la boisson chaude me firent du bien. Maintenant que j'allais mieux, je pensais partir, mais la femme me questionna :

— Que faisais-tu donc là-bas ?

Je n'avais rien à cacher et je lui racontai brièvement tout ce qui m'avait poussé à rechercher Eva. Quand j'eus fini, elle s'exclama :

— Quelle histoire !... Et c'est pour ça que tu

restes dans le froid !

Puis, voyant que j'avais repris des forces, elle me dit :

— Donne-moi le numéro de téléphone de ta famille. Je vais appeler tout de suite. On viendra te chercher. Je ne veux pas que tu repartes seul dans le froid.

Elle alla téléphoner à tante Aurélie puis revint près de moi.

— Ta tante va arriver d'ici quelques minutes en voiture... Et maintenant, donne-moi quelques précisions. Tu me dis que tu as vu plusieurs fois cette fillette à la halte de l'Étang-Gris ?

— Oui.

— Moi aussi, je l'ai déjà vue par ici, cette petite sauvageonne. Elle s'enfuit dès qu'on l'aborde...

— Vous l'avez déjà vue !... Vous savez où elle habite ?

— Elle habite dans un endroit isolé avec son vieil oncle qui l'a recueillie, un original qui ne veut voir personne. La petite est devenue aussi sauvage que lui à son contact !

— Où habite-t-elle ?

— Ce n'est pas très loin d'ici... mais je te déconseille d'y aller. Tu serais très mal reçu !

— Mais pourquoi ?

— Je viens de te le dire. Son oncle vit comme un ours et ne veut voir personne...

J'étais ému. Ainsi, Eva habitait près d'ici... Je demandai encore à la femme :

— Dites-moi quand même où elle habite...

La femme m'expliqua qu'il fallait passer devant la petite route qui conduisait à la halte de l'Étang-Gris, mais sans la prendre, et continuer tout droit. Quelques centaines de mètres plus loin, sur la droite, une route forestière s'enfonçait dans le bois. Il fallait la suivre jusqu'à un petit étang. Sur son bord se trouvaient quelques maisons en ruine. Une seule était encore habitée, c'était là.

C'était tout ce qu'elle savait.

La femme terminait son explication quand les phares d'une voiture balayèrent la pénombre de la cour. Elle alla ouvrir. C'était tante Aurélie. Quand elle entra, je vis combien elle était inquiète. Mais dès qu'elle m'aperçut, elle me sourit, s'approcha et me serra contre elle.

— Comme tu m'as fait peur, Axel !

Tante Aurélie, qui voulait vite me ramener, remercia chaleureusement la dame qui m'avait accueilli. On alla d'abord récupérer mon vélo que l'on mit dans le coffre puis on roula en direction de la maison.

Il faisait nuit lorsqu'on arriva. Ma tante me prépara tout de suite une soupe bien chaude. Après s'être assurée que j'avais repris des forces, tante Aurélie me fit promettre de ne plus aller seul là-bas, surtout par un si grand froid. Je pourrais donc retourner à la halte, mais en étant accompagné de Violette ou de Tom.

Je ne sortis pas durant quelques jours. Tante Aurélie voulait me garder au chaud. Pourtant, j'avais hâte de revenir à l'Étang-Gris maintenant que je savais où Eva habitait. Je me mis d'accord avec Violette pour y retourner le mercredi suivant.

Le mercredi après-midi enfin arrivé, Violette passa me chercher. La neige avait fondu en grande partie et quelques pâles rayons de soleil éclairaient la campagne. Violette avait son vélo. J'allai sortir le mien du garage. Avant de partir, je rassurai ma tante qui m'avait accompagné jusqu'au portail.

— Tu vois, aujourd'hui, il fait beaucoup moins froid... et puis je n'y vais pas seul !

Pour toute réponse, tante Aurélie me sourit, mais, quand j'enfourchai mon vélo, elle ne put s'empêcher de recommander :

— Dès que tu as froid, tu rentres, d'accord ?

Et tournée vers Violette :

— Je compte sur toi pour le lui rappeler !

Il faisait certainement moins froid que l'autre jour. Cependant, j'étais emmitouflé de la tête aux pieds. Tante Aurélie y avait veillé !

Sur la petite route déserte, nous roulions l'un à côté de l'autre, Violette et moi. Nous étions contents à l'idée de pouvoir enfin retrouver Eva.

Pourtant, je ne pouvais m'empêcher d'être anxieux. Qui était cet oncle avec lequel elle vivait ? Était-ce lui qui l'empêchait de sortir et qui lui faisait peur ? Était-ce quelqu'un d'autre ?

Enfin, après avoir dépassé la route qui conduisait à la halte de l'Étang-Gris, sans la prendre, nous vîmes un peu plus loin, sur la droite, une étroite route forestière qui s'enfonçait dans le bois. C'était là.

La voie était pleine d'ornières et tellement défoncée que nous dûmes pousser nos vélos à la main. L'endroit était sauvage. De chaque côté, des arbres et des buissons se mêlaient, si serrés qu'ils formaient une barrière presque infranchissable.

Nous marchâmes ainsi durant quinze minutes environ, mais rien n'était encore en vue quand soudain Violette me prit le bras.

— Regarde là-bas, derrière les fourrés !

Je vis une masse grise de roseaux un peu plus

loin. C'était sans doute l'étang qu'on m'avait indiqué. Mais, pour y accéder, il n'y avait pas de route, tout au plus un sentier qui serpentait à travers les broussailles. Nous le suivîmes sur quelques mètres : un étang de taille moyenne apparut, presque complètement envahi par les roseaux. Quelques maisons le bordaient. En m'approchant, je découvris qu'elles étaient abandonnées, presque en ruine. Cependant, l'une d'entre elles paraissait en meilleur état.

Mon cœur se mit à battre. Nous étions certainement face à la maison d'Eva. Je regardai Violette, en proie, elle aussi, à la même émotion. Nous nous étions arrêtés. La maison, petite, comportait un rez-de-chaussée avec une porte et deux fenêtres, mais pas d'étage. La porte d'entrée était fermée.

Violette s'avança, je la suivis. Elle frappa à la porte.

Aucune réponse.

Elle recommença à frapper, mais personne ne se manifesta. Après quelques minutes d'attente, je me hasardai à taper aux carreaux des fenêtres.

Toujours aucune réponse.

Il n'y avait donc personne. Il nous fallait repartir…

Sur le chemin du retour, un peu déçu, je

décidai, avec Violette, de revenir le mercredi de
la semaine suivante.

15. Le drame

Trois jours plus tard, le samedi après-midi, je me retrouvai avec Violette dans le hangar de la locomotive de Tom. Nous avions prévu de l'aider à l'entretien de sa machine. Il soufflait un vent glacial et des brumes blanchâtres flottaient au-dessus du sol. La gare était déserte. Personne ne semblait avoir voulu mettre le nez dehors.

Pour se protéger du froid, Tom avait fermé les portes de la remise. À l'intérieur, il ne faisait guère plus chaud, mais au moins, on était préservé du vent. Tom avait prévu le rangement du matériel. Il voulait aussi faire l'entretien de sa locomotive qui se trouvait garée en plein milieu, moteur à l'arrêt.

On commença par nettoyer et ranger

l'outillage. Chaque outil avait sa place, soit dans des tiroirs, soit directement accroché au mur. Au bout d'une demi-heure environ, Violette, qui s'occupait avec moi de ranger toutes sortes de pinces et de clés, me dit brusquement :

— Tu ne trouves pas que ça sent l'essence ?

— Tu sais, dans un endroit pareil, c'est normal, les odeurs d'essence, d'huile, de gazole...

Violette fit une petite moue et continua son travail. Quelque temps passa et je trouvai, moi aussi, qu'il y avait une forte odeur d'essence, mais Tom, qui avait le nez fourré dans le moteur de sa locomotive, semblait n'y prêter aucune attention.

Soudain, j'entendis crier de l'extérieur une voix qui venait d'assez loin :

— Axel ! Axel ! Il faut sortir !

Puis il y eut un cri ; ensuite, plus rien. Je regardai Tom et Violette. Ils avaient entendu eux aussi. Il me semblait que c'était Eva qui m'avait appelé, mais je n'en étais pas sûr, la voix était trop lointaine.

Je me précipitai le premier vers les portes de la remise et tentai de les ouvrir.

Impossible !

Tom, qui venait d'arriver à côté de moi, me dit :

— Laisse-moi faire !

Mais je fus très étonné de le voir forcer sur les poignées sans aucun résultat. Les portes étaient bloquées !

— Mille millions de clés à molette ! s'écria Tom. Qu'est-ce que ça veut dire ?

Se tournant alors vers nous, il remarqua enfin :

— Et puis c'est quoi, cette odeur d'essence ?

— Ça fait déjà un bon moment que ça sent l'essence ! s'exclama Violette, apeurée. Il faut sortir !

— C'est ce qu'on va faire !

Tom se dirigea vers son atelier et, après avoir cherché un instant, revint avec une barre de métal qui pourrait servir de levier.

Mais au moment même où il introduisit cette sorte de levier entre les portes de bois pour les écarter, il y eut un bruit sourd, comme une petite explosion. À travers les fentes des planches qui constituaient les parois de la remise, des flammes apparurent brusquement de tous côtés.

Épouvantés, nous nous reculâmes tous loin des flammes, au centre du bâtiment. Il était facile de comprendre ce qui s'était passé. De l'essence avait été répandue tout autour du hangar dont les portes avaient été bloquées. Puis on avait mis le feu à l'essence.

En l'espace de quelques secondes, la remise fut entièrement entourée de flammes gigantesques. Tom essaya de s'approcher des parois faites de planches afin de dégager un passage, mais il ne put y arriver. Toutes les planches qui composaient le bâtiment brûlaient comme des allumettes et dégageaient une chaleur intense. Il recula vers nous. Levant la tête, il regarda la toiture qui menaçait déjà de s'effondrer. Se tournant alors vers la locomotive, il hurla :

— Tous dans la loco !

Nous nous précipitâmes dans la cabine. Tom en referma immédiatement la porte afin d'éviter la pénétration des fumées puis il actionna le démarreur.

— On va s'en sortir ! Je démarre et l'on fonce droit devant en démolissant la porte !

Combien il me parut long le temps nécessaire au démarrage ! Autour de moi, tout flambait. Tout n'était que flamme et fumée. La chaleur était terrible.

Enfin, le moteur démarra.

Tom enclencha la marche avant et poussa le moteur à fond. La machine vibra et se déchaîna, avançant droit sur les portes fermées de la remise.

— Couchez-vous ! ordonna Tom.

On ne sentit pratiquement pas le choc, mais il y eut un grand craquement. Le bois de la porte éclata et vola en tous sens. Je me relevai à ce moment-là et j'eus le temps de voir un homme qui se tenait sur la voie, un bidon à la main. Il avait l'air affolé. Je ne sais pas s'il eut le temps de se jeter de côté pour éviter la machine lancée à toute vitesse.

Nous étions indemnes. La locomotive fonçait droit devant. Par les vitres arrière, je pouvais voir la remise qui n'était qu'une énorme masse de feu projetant des lueurs orange sur les plaques de neige environnantes.

Tom actionna le frein et la locomotive s'arrêta.

16. Eva se confie

Nous sautâmes à terre et courûmes vers la remise en feu. Déjà, des gens s'approchaient, certainement le personnel de la gare des Bruyères.
Je remarquai aussi un homme étendu à terre,
sans doute celui qui était sur les rails lorsque la
machine était sortie en pulvérisant les portes.
Mais j'étais trop loin pour le voir avec précision.

Soudain, un enfant courut vers l'homme allon-
gé sur le sol et s'agenouilla à côté de lui. Je reconnus Eva.

Je m'élançai vers elle et la rejoignis, mais elle
ne me vit pas. Elle regardait intensément le bles-
sé qui semblait inconscient. Je reconnus
l'homme que nous avions heurté tout à l'heure,
celui qui portait un bidon.

Puis quelqu'un s'approcha et écarta tout le monde, c'était un médecin. Il se pencha sur l'homme qui gisait sur le sol, l'ausculta quelques instants. Lorsqu'il se releva, il hocha la tête et se contenta de dire : « Il n'y a plus rien à faire. »

À cet instant, des larmes coulèrent librement sur le visage d'Eva sans qu'elle essayât de les retenir. Elle restait toujours agenouillée à côté de l'homme étendu.

En un éclair, je compris tout. Cet homme qui venait de mourir : c'était son oncle. L'incendie de la remise : c'était lui. Et c'était sans doute lui aussi qui était la cause de tous nos ennuis passés...

Pourtant, si telle était la vérité, il y avait quelque chose que je ne comprenais pas. Si cet homme était bien celui que j'imaginais, comment expliquer l'attitude d'Eva ? On voyait bien qu'elle venait de perdre un être qui lui était cher.

Je m'agenouillai à côté de la fillette et je lui pris la main. Elle tourna la tête de mon côté et me reconnut ; elle serra ma main puis elle regarda de nouveau son oncle. Je restai ainsi à côté d'elle, respectant son silence.

Violette m'avait rejoint. Elle était à côté de moi.

Tout autour de nous, des gens arrivaient. Des

pompiers s'activaient déjà pour éteindre l'incendie de la remise. Tom aurait voulu les aider, mais il jugea préférable de rester avec nous. Quelques minutes passèrent puis je sentis une main se poser sur mon épaule. C'était tante Aurélie qui venait d'arriver, inquiète, elle aussi, à cause de l'incendie. Je la rassurai. Puis, voyant qu'Eva tournait la tête vers moi et ma tante, je lui demandai :

— C'est bien ton oncle ?

— Oui, c'est lui... c'est mon oncle Jerzy.

Après un instant de silence, j'ajoutai :

— C'est bien toi qui nous as prévenus tout à l'heure pour que nous sortions de la remise ?

— C'est moi.

— Alors, c'est ton oncle qui a mis le feu ?...

Elle me serra plus fort la main.

— C'est lui ! C'est pour cela que j'ai essayé de vous prévenir...

Le médecin, que nous avions vu tout à l'heure, revint accompagné de deux personnes portant une civière. Il demanda :

— Cet homme a-t-il de la famille ici ?

Eva se leva et le regarda.

— Oui, c'est mon oncle.

Le médecin observa un instant la petite fille aux yeux pleins de larmes, puis il ajouta d'une voix plus douce :

— Mais n'y a-t-il pas d'autres membres de la famille à prévenir ?

— Je suis sa seule famille, répondit Eva.

Tom, qui avait suivi la scène, venait de poser affectueusement sa main sur l'épaule de la fillette. Il intervint :

— Elle n'est plus seule maintenant. Je l'ai déjà accueillie et je vais le refaire. Vous pourrez la trouver chez moi.

Ensuite, sur un geste du médecin, on plaça le corps sur la civière. Alors, Tom prit Eva par la main et elle se laissa conduire. Il l'emmenait chez lui. Je les suivis, accompagné de Violette et tante Aurélie.

Durant la soirée, Eva nous raconta son histoire. Je crois qu'elle était soulagée de pouvoir enfin dire ce qu'elle avait sur le cœur.

Son oncle Jerzy l'avait recueillie lors du décès de sa maman. Pour elle, il représentait sa seule famille. C'est lui qui l'avait élevée depuis l'âge de quatre ans. Il s'était occupé d'elle avec soin. Il lui avait même appris à lire et à écrire. Seulement, son oncle avait mauvais caractère, ce qui lui avait fait perdre son emploi de nombreuses années auparavant.

Depuis, il vivait comme un ours, en voulant à

tout le monde. Il avait habitué Eva à vivre comme lui, à l'écart de tous. La maison isolée qu'il habitait correspondait à son genre de vie.

Arrivée à ce point de son histoire, Eva s'arrêta un instant, comme effrayée. Je devinai que ce qu'elle allait nous dire était important.

Elle poursuivit son récit en nous expliquant que son oncle avait des accès de colère, pas des emportements ordinaires, mais de terribles explosions de colère qui faisaient trembler de peur la fillette. Quand son oncle était en proie à ses épouvantables crises, Eva était terrorisée, elle ne le reconnaissait plus et elle le fuyait. Elle sortait donc de la maison dans ces moments-là. Elle savait se cacher dans les bois qu'elle connaissait parfaitement. Puis elle revenait quand son oncle était calmé et la vie reprenait son cours.

Pourtant, son oncle avait de l'affection pour sa nièce. De son côté, Eva comprenait ce qu'elle lui devait et elle lui rendait bien cette affection. Mais elle ne savait que faire pour contenir ses colères qui s'accentuaient avec l'âge, devenant de plus en plus fréquentes et terribles. Elle était désemparée devant quelque chose qui la dépassait.

La vérité était que son oncle sombrait peu à peu dans la folie ! Cependant, il gardait la plupart du temps une certaine douceur avec sa nièce. Lorsqu'elle nous avait vus pour la première fois, la fillette avait d'abord été effrayée, étant habituée à vivre seule comme une petite sauvage. Par la suite, elle aurait voulu se rapprocher de nous. L'ayant appris, son oncle s'était mis dans une colère terrible, lui interdisant de nous fréquenter.

C'est tout ce que je pus apprendre d'Eva ce soir-là. Elle était fatiguée et avait besoin d'un bon repos. La femme de Tom insista pour qu'elle allât dormir. D'ailleurs, il était tard et nous devions rentrer. J'aurais voulu questionner Eva afin de tout comprendre, mais il me fallait attendre...

17. Tout s'explique

J'eus cependant les réponses aux questions que je me posais dès le lendemain. C'était en fin d'après-midi, le soleil éclairait encore la campagne. J'étais allé voir Eva. Comme elle semblait mieux, je l'avais décidée à faire un tour dehors.

Je lui parlai de ce qui m'intriguait encore.

— Tu sais, nous avons eu un certain nombre de problèmes avec la locomotive de Tom : un aiguillage inversé, un bouchon d'huile de vidange dévissé et enfin les freins mis hors d'usage...

J'ajoutai :

— Tout cela aurait pu être très dangereux... On n'a jamais vraiment su qui avait fait cela...

— Et tu penses à mon oncle ?

— Il me semble que...

— Tu as raison, coupa Eva. Bien sûr, je ne l'ai pas vu faire cela... mais, à voir sa colère quand il a compris que je vous fréquentais, c'est sans doute lui.

— Alors, c'est lui aussi qui a écrit les menaces sur la remise de Tom ?

— Certainement !

— Mais pourquoi tout ça ?

— Il était très jaloux. J'étais comme sa fille et il voulait que personne ne s'approche de moi. Il avait des colères terribles, comme des accès de folie... Par exemple, une nuit, j'ai eu très peur, il était très agité et criait dans la maison. Il cassait des objets, tapait sur des meubles. Il était comme fou. J'ai eu tellement peur que je me suis enfuie en pleine nuit. J'ai pris la petite route dans les bois en marchant le plus vite possible malgré l'obscurité. Je courais parfois, car il me semblait que mon oncle me suivait. C'est pour cela que je suis venue te rejoindre... Tu te rappelles ? En pleine nuit, dans le jardin de ta maison...

— Bien sûr ! Tu es partie avant que je puisse te rencontrer. J'ai entendu crier...

— Oui, mon oncle m'avait suivie et rattrapée. Il m'a saisie par le bras pour me ramener. C'est à ce moment-là que j'ai crié... Après, il m'a obligé à ne plus quitter la maison pendant des jours et des jours. Plus tard, il m'a laissée sortir en me faisant promettre de ne plus vous revoir...

— Mais tu aurais dû tout faire pour nous prévenir, pour nous dire qu'il avait des accès de folie !

Eva s'arrêta un moment de marcher et me regarda bien en face. Ses yeux sombres étaient graves.

— Je ne voulais pas dire qu'il était parfois comme fou : on l'aurait enfermé, on lui aurait fait du mal !

— Peut-être pas, on l'aurait soigné !

— Mon oncle s'est toujours occupé de moi. Je ne voulais pas dire du mal de lui...

Eva se remit à marcher et ajouta :

— Voilà pourquoi je ne vous ai rien dit. J'aimais mon oncle comme il était, même s'il me faisait très peur parfois.

Il me restait encore quelque chose à éclaircir.

— Sais-tu que Violette et moi, on a trouvé ta maison... On est même venus te voir, mais tu n'étais pas là.

— Si, j'étais là !... Mais mon oncle m'avait interdit de vous ouvrir. Quand vous êtes partis, il est entré dans une colère terrible. J'ai eu très peur qu'il ne vous fasse du mal. Alors, je l'ai surveillé. Trois jours plus tard, je l'ai suivi pendant qu'il allait à la gare des Bruyères. De loin, je l'ai vu répandre quelque chose avec des bidons autour du hangar. Je ne comprenais pas ce qu'il faisait.

— C'était de l'essence !

— Je ne le savais pas, mais je m'attendais à un malheur. Mon oncle était comme fou depuis que vous étiez venus à la maison. Alors, je me suis approchée et j'ai crié pour vous prévenir.

— Et on t'a entendue !

— Mon oncle a couru vers moi et m'a donné une énorme gifle, comme un coup. Je suis tombée et j'ai perdu un peu conscience de ce qui se passait autour de moi. Quand je me suis relevée, j'étais étourdie. Et puis j'ai vu la loco sortir du hangar en flammes et renverser mon oncle.

Eva s'arrêta de parler. Ses yeux brillaient. Je lui pris la main et la serrai.

— Maintenant, tu n'as plus à avoir peur...

Elle sourit tristement.

— Je n'ai plus peur, Axel, depuis que vous êtes tous là...

Les jours passèrent. Il y eut d'abord l'enterrement de l'oncle d'Eva. Puis, peu à peu, la vie reprit son cours, une nouvelle vie pour la fillette puisqu'elle habitait maintenant chez Tom et

Élise. On l'inscrivit à l'école du village. Elle avait soif d'apprendre et travaillait bien. Elle s'épanouissait. Son visage s'éclairait souvent d'un beau sourire.

Le mois de mars arriva. Les premiers signes du printemps s'annonçaient un peu partout. Des bourgeons et de petites feuilles vertes commençaient à apparaître.

Ce matin-là, un beau soleil brillait et dissipait les dernières brumes de la nuit. Je passai prendre Violette. Nous arrivâmes devant le hangar en construction destiné à la locomotive de Tom. Il n'était pas terminé. Il avait d'abord fallu dégager ce qui restait de l'ancien bâtiment : un enchevêtrement de poutres noires et calcinées. Ensuite, on avait commencé à reconstruire. Même s'il n'était pas achevé, on devinait que le bâtiment serait plus beau qu'auparavant. En attendant, le locotracteur couchait dehors et Tom devait aller faire les révisions dans un autre atelier.

Tom nous avait promis une balade dans sa locomotive. Il nous attendait. Je le reconnus de loin avec, à côté de lui, la petite Eva. Ils étaient tous les deux devant la machine dont le moteur ronronnait déjà.

Eva courut vers nous en riant. Elle était contente de cette balade. Nous devions aller du côté de l'Étang-Gris. Bientôt, la voix rude de Tom nous appela :

— On y va !

Tout le monde se précipita dans la cabine. Tom enclencha la marche avant et accéléra. La machine gronda et s'élança. Puis Tom me regarda.

— À toi, Axel !

Mais je me tournai vers Eva et lui pris la main pour la poser sur le bouton de l'avertisseur sonore.

— Non, à toi, Eva !

Elle me remercia par un sourire et appuya sur le gros bouton. Le sifflement strident de la corne retentit. Amusée, elle appuya plusieurs fois sur le bouton. Ah ! nous ne passions pas inaperçus ! À travers les vitres de la cabine, je vis des collègues de Tom se retourner sur notre passage, étonnés. La machine fila bientôt à son allure de croisière. Nous regardions tous, ravis, le paysage de printemps défiler. Les champs revivaient, les arbres verdoyaient, les roseaux des étangs se redressaient. Toute la nature était en fête.

18. Le « coin secret »

On arriva à la halte de l'Étang-Gris. Tom arrêta la locomotive. Il me demanda de venir avec
lui pour manœuvrer l'aiguillage. En effet, il devait se garer sur une voie de service afin de libérer la voie principale. Avec son aide, je déplaçai
le gros levier. Les rails mobiles s'écartèrent et
vinrent se plaquer contre l'autre voie, nous per-
mettant de quitter la ligne principale. Je n'étais
pas peu fier d'avoir manœuvré pratiquement seul
le dispositif d'aiguillage. Il nous fallait maintenant avancer sur quelques mètres, puis nous arrêter de nouveau afin de remettre l'aiguillage dans
sa position initiale.

Une fois la locomotive garée, Tom resta, car il
avait quelques vérifications à faire sur son

moteur. Il devait nous rejoindre plus tard.

On courut jusqu'à l'étang, près de l'abri qui recouvrait une vieille barque. Le printemps était passé par là. Les eaux grises n'étaient plus figées par l'hiver. Elles ondulaient doucement. Les roseaux dansaient sous la brise. Un canard colvert s'amusait avec ses petits dans les hautes herbes au bord de l'eau.

On s'assit à côté de l'abri.

Violette me poussa du coude avec un regard malicieux et sortit le petit livre de poèmes que je lui avais offert.

Elle commença à lire de sa voix douce.

Ah ! que Mars est un joli mois !
C'est le mois des surprises.
Du matin au soir dans les bois,
Tout change avec les brises.

Le ruisseau n'est plus engourdi ;
La terre n'est plus dure ;
Le vent qui souffle du midi
Prépare la verdure...

Gelée et vent, pluie et soleil,
Alors tout a des charmes ;
Mars a le visage vermeil

Et sourit dans ses larmes.

— C'est d'Alfred de Musset, termina Violette en refermant le livre.

Eva avait écouté avec ses grands yeux étonnés.

— Comme c'est joli ! dit-elle.

Je demandai :

— Qu'est-ce que ça veut dire « vermeil » ?

Violette éclata d'un petit rire moqueur en me donnant un léger coup sur la tête avec son livre.

— Tu ne sais pas ça, toi !... Moi, j'ai cherché dans le dictionnaire, ça veut dire : d'un rouge vif ou léger, du teint des lèvres ou de la peau...

— On ne peut pas tout savoir !

Et pour taquiner Violette, je la poussai. Elle tomba dans l'herbe et se releva en riant. À ce moment-là, Tom nous rejoignit et Violette lui proposa la lecture de son poème.

— Pourquoi pas ? dit-il en s'asseyant. Hem ! Cela fait bien des années que je n'ai plus écouté une poésie... C'est une chose qui date de l'école et puis qui a complètement disparu de ma vie...

— Tu as tort, dit Violette, pourquoi se priver de ce qui est beau ?

Et Violette reprit la lecture du poème, de sa voix douce et charmante. Tom était heureux de l'entendre. Alors, elle continua la lecture de son livre, car Tom l'écoutait sans se lasser.

Moi, je m'étais levé pour mieux observer un canard à travers les roseaux. Eva me rejoignit et me prit par la main en m'entraînant.

— Viens Axel, j'ai quelque chose à te montrer !

Elle me conduisit environ cent mètres plus loin, à la lisière du bois, puis à travers les fourrés. Elle s'arrêta au pied de quelques gros arbres et écarta un buisson.

— Regarde, là ! C'est mon coin secret !

Elle s'introduisit à travers les branches. Il y avait un creux rempli de feuilles mortes entre d'énormes racines. Elle s'assit là, en redisant, d'une voix grave :

— C'est mon coin secret... mais je n'y vais plus maintenant !

J'étais tout près d'elle et je lui dis :

— Explique-moi, Eva, je ne comprends pas...

Elle leva vers moi ses grands yeux sombres.

— Tu ne comprends pas ? C'est là que je me réfugiais quand mon oncle était en colère... Je n'étais pas encore revenue ici...

Ses yeux étaient tristes et brillaient. Elle regardait droit devant elle, immobile, recroquevillée, les mains serrant ses genoux. Moi, j'étais debout à côté d'elle et je comprenais ce qu'elle voulait me dire. C'était son ancienne vie, dans la peur, la solitude et le froid qu'elle me montrait.

Aussi ému qu'elle, je l'observais sans rien pouvoir dire.

Puis brusquement, elle se leva. Je la vis courir à travers bois pour rejoindre les autres. Je ne la suivis pas tout de suite. Je restais devant ce trou rempli de feuilles au pied d'un arbre sans pouvoir m'en détacher... J'imaginais Eva blottie dans son coin secret, le jour, le soir ou même la nuit, dans la chaleur ou le froid, pour fuir les colères de son oncle. Enfin, au bout d'un long moment, je détachai mes yeux de cet endroit et je rejoignis l'étang.

De loin, je vis Eva entre Tom et Violette. La fillette, heureuse, écoutait Violette qui continuait sa lecture.

Table

Découvrez tous les livres pour la jeunesse de Marc Thil, en version numérique ou imprimée, en consultant la page de l'auteur sur Internet.

....

Le Mystère de la falaise rouge
(Une aventure d'Axel et Violette)

• Axel et Violette naviguent le long de la falaise sur un petit bateau à rames. Mais le temps change très vite en mer et ils sont surpris par la tempête qui se lève. Entraîné vers les rochers, leur bateau gonflable se déchire. Ils n'ont d'autre solution que de se réfugier sur la paroi rocheuse, mais la marée monte et la nuit tombe... Au cours de cette nuit terrible, un bateau étrange semble s'écraser sur la falaise.

Quel est ce mystérieux bateau et où a-t-il disparu ? Quel est l'inconnu qui s'aventure dans la maison abandonnée qui domine la mer ? Axel et Violette vont tout tenter afin de découvrir le secret de la falaise rouge.

• Une aventure avec des émotions et du suspense qui pourra être lue à tout âge, dès 8 ans.

....

Le Mystère du train de la nuit
(Une aventure d'Axel et Violette)

• Un soir de vacances, alors que la nuit tombe, Axel et son amie Violette découvrent un train étrange qui semble abandonné. Une locomotive, suivie d'un seul wagon, stationne sur une voie secondaire qui se poursuit en plein bois. Pourtant, deux hommes sortent soudainement du wagon qu'ils referment avec soin.

Que cachent-ils ? Pourquoi ne veulent-ils pas qu'on les approche ? Et pour quelle raison font-ils le trajet chaque nuit jusqu'à la gare suivante ? Aidés par la petite Julia qu'ils rencontrent, Axel et Violette vont enquêter afin de percer le secret du train mystérieux.

• Une aventure avec des émotions et du suspense qui pourra être lue à tout âge, dès 8 ans.

Vacances dans la tourmente

• À la suite de la découverte d'un plan mysté-rieux, Marion, Julien et Pierre partent en randon-née dans une région déserte et sauvage. Que cache donc cette ruine qu'ils découvrent, envahie par la végétation ? Que signifient ces lueurs étranges la nuit ? Qui vient rôder autour de leur campement ? Les enfants sont en alerte et vont mener l'en-quête...

• Une aventure avec des émotions et du suspense pour faire découvrir aux jeunes lecteurs (8-12 ans) le plaisir de lire.

Histoire du chien Gribouille

• Arthur, Fred et Lisa trouvent un chien abandonné devant leur maison. À qui appartient ce
beau chien ? Impossible de le savoir. À partir d'un
seul indice, le collier avec un nom : Gribouille, les
enfants vont enquêter. Mais qui est le mystérieux
propriétaire du chien ? Pourquoi ne veut-il pas ré-
véler son identité ? Et la petite Julie qu'ils rencontrent, pourquoi a-t-elle tant besoin de leur
aide ?

• Une histoire émouvante qui plaira aux jeunes
lecteurs de 8 à 12 ans.

40 Fables d'Ésope en BD

• *Le corbeau et le renard* ou *La poule aux œufs d'or* sont des fables d'Ésope, écrites en grec il y a environ 2500 ans. Véritables petits trésors d'humour et de sagesse, les écoliers grecs les étudiaient déjà dans l'Antiquité.

Aujourd'hui, même si en France, on connaît mieux les adaptations en vers faites par Jean de La Fontaine, les fables d'Ésope sont toujours appréciées dans le monde entier. Les 40 fables de ce livre, adaptées librement en bandes dessinées, interprètent avec humour le texte d'Ésope tout en lui restant fidèle : les moralités sont retranscrites en fin de chaque fable.

• Un petit livre à posséder ou à offrir, pour les lecteurs de tous les âges, dès 8 ans.

Histoires à lire le soir

• 12 histoires variées, pleines d'émotions et d'humour, pour faire découvrir aux jeunes lecteurs (8-12 ans) le plaisir de lire.

13927103R00076

Printed in Great Britain
by Amazon.co.uk, Ltd.,
Marston Gate.